末等魂師

第2部

3 踢館也是門技術活

銀千羽—著
希月—繪

人物介紹

端木玖

身分：端木家族嫡系九小姐
等級：一星魂師（兼：三星聖武師）
個性：從低調變高調
寵物：焱、磊、寶寶
配件：硫金、流影、小狐狸頭飾、黑色連帽披風

紅色小狐狸

身分：魔獸
年紀：不明
特長：被玖玖抱在懷裡睡覺
出場印象：疑似魔獸火狐狸的紅毛小狐狸
新技能：燒光想傷害玖玖的人

仲奎一

身分：煉器師
等級：天魂師（傳說中）
個性：樂觀、詼諧、誠信

樓烈

身分：疑似聲名赫赫的煉器師
年紀：不明
特長：吃魚、喝酒、教徒弟
出場印象：黑黑灰灰的浮屍一具
口頭禪：我不是壞人
（內心附註：是帥哥）

北御前

身分：玖父託付之人，來歷神秘
魂階：五星天魂師
武器：黑色長槍
出場印象：外表約三十歲的紫衣帥美男
口頭禪：不能把小玖養歪了

端木風

身分：端木世家嫡系六少爺，
　　　也是本代子弟中第一天才
好友：夏侯駒
特長：護玖狂魔

端木傲

身分：端木家族嫡系四少爺
年紀：三十二歲
魂階：天魂師
新技能：妹控兄長實習中
出場印象：冷漠正直的男人
外型：黑髮黑眼的酷型帥青年，氣質沉穩

夏侯駒

身分：夏侯皇朝四皇子，
　　　天魂大陸十大天才之一
外型：沉默寡言的俊青年
個性：熱心開朗，有點悶騷
好友：端木風、端木傲
新技能：認識某少女後發現自己往吃貨發展

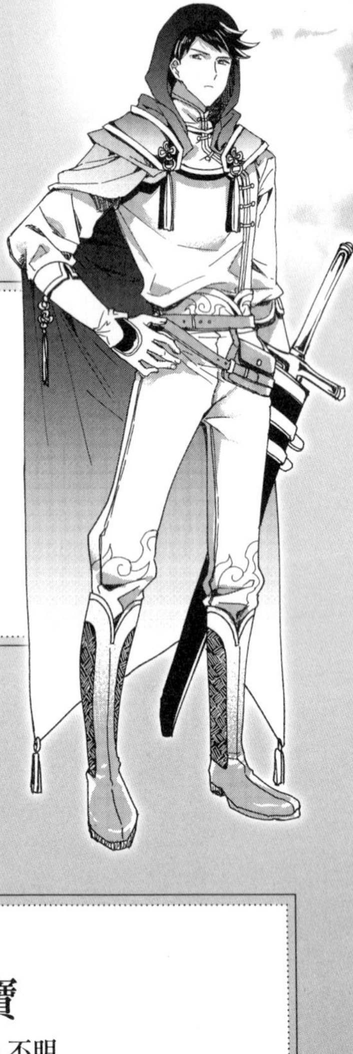

星流

原名：陰星流
身分：原為陰家子弟，現已離族
等級：二星聖魂師
個性：低調、忠誠
契約獸：不明
配件：黑色連帽披風、黑刀

寶寶

品種：不明
外型：發育不良的盲眼小狗
專長：汪汪嗚嗚叫、吃

雪長歌

身分：東州五少之一，東雪城少城主，東州最俊美的優雅貴公子
特徵：玉冠烏髮，一身白衣，出塵脫俗
個性：優雅、腹黑
武器：長弓
好友：海宇越

目錄

◆地理簡介◆

東州，天魂大陸三州之一。

西以一道橫亙大陸的天塹——東星山脈，與中州相鄰；以東則為一片無邊無際的海洋。

東州境內，魔獸無數，分散在陸地與水域。

人族聚居，由北到南，則以東雪城、東海城、東明城、東林城、東岩城等五城，為主要居地。

五城的存在，除了保護人族的生存空間，也維持東州的穩定，使海上魔獸，無法任意欺上岸……

第二十三章　遇到壞人了！

可是，真的是他嗎？

在端木玖先是震驚、後又懷疑的表情裡，紅色的身影倏然閃了一下，瞬間來到她面前。

「玖玖。」只差觸手可及的距離，他頓時微笑。

聲音，嗯，是蒼冥。

「你來了?!你怎麼在這裡？」她眨眨眼，懷疑自己作夢了——大白天的作夢？

好像，哪裡不對。

是不是，有什麼重要事情忘記了？

忘記……她——忘記什麼？

她甩了下頭，停頓了一下，又看向他。

「妳在這裡。」所以他來了。

他說的話，好像很正常，但是，她覺得，好像哪裡怪怪的。

「可是……這裡……秘境……」對了，她是在秘境裡。終於想起來！

玖玖又晃了下腦袋。

秘境、秘境……然後呢？

怎麼覺得自己又好像有什麼事記不清了，這不像她。

不行，一定要想起來！

她很認真又嚴肅地回想。

秘境……東雪城……秘境裡……

她越認真想，就越感覺到一種忘記什麼的強烈直覺，她的記憶，好像變成失憶了，有什麼……在刻意混亂她的記憶，阻止她想起來。

但越是被阻止，她的神智反而越清楚。

東雪城。

寒玉秘境。

內境。

規則。

她記得，在入境者進入秘境後，秘境便關閉，那之後就沒有人能進來了。

她是倒數第二批入境的人，在入境的那一刻，她也沒有看見他出現。

雖然也有可能，他是在最後才出現，而後追進來，但是，蒼冥……蒼冥應該不在這裡。

蒼冥、蒼冥應該在……應該在……

她皺著眉，神情明顯掙扎，像在對抗什麼，而「蒼冥」突然握住她的手，伸手抱住她。

她滿腦子的回想與判斷，瞬間頓住。

「妳在這裡，我就能來。」他低聲道。

「啾啾！」玖玖還沒出聲，焱就先抗議了。

壞蛋！壞蛋！搶玖玖的壞蛋！走開走開！

「蒼冥……」她眼眸微垂，神態像要埋進他懷裡。抱著她的蒼冥，聽著她低喟般、猶如含著萬般思念的低喚聲，臉上的笑意也更深了。

然而玖玖的下句——

「假的。」

「嗯？」

玖玖垂在身側的手一握，劍光一嘯。

蒼冥的身影頓時虛幻般斷成兩截，然後緩緩消散，卻突然在距她一丈的地方，合成完整的人形。

「玖玖?!」他一臉震驚，像是沒有想到她會攻擊他。

「假的。」

別以為她沒有感覺到從他身上散發出來的危險氣息。

還有，蒼冥才不會這麼笑！

她看著他，再說一次：

「你不是他。」

話聲一落，玖玖飛身向前，劍尖毫不猶豫朝他一刺！

劍身卻被突來的一道紅色火焰擋住。

不，那不是火焰，而是被火焰包裹的一把劍。

「他」使用的武器竟然和蒼冥的一樣?!

玖玖更生氣了。

「他」反手劃出一道火焰，回襲向她。

玖玖立刻退後避開，又借勢反擊。

眨眼間兩人來回十數招。

每次玖玖反擊成功，都會讓「他」的身體裂成兩截，而後又瞬間癒合完整；而他的反擊，招式和蒼冥幾乎一模一樣，威力在她之上，在她身上留下好幾道劍痕。

「啾！」焱見狀，立刻助攻。

敢傷害玖玖，欠燒！

轟地一道火焰，瞬間燒掉「他」一半的身體。

但在火焰過後一會兒，他的身體又恢復原樣。

就在這瞬間，玖玖察覺到一絲波動。

「魂力？」

「啾？」焱歪頭，不解。

我明明燒了他，他怎麼又好了？

玖玖以前說，這種情況叫做……打不死的小強？

「玖玖，妳怎麼可以想殺我？」「他」的表情似乎非常不解。

玖玖眼神一頓，表情——一言難盡。

「不要叫我的名字。」

聽著耳朵都犯尷尬。

很傷耳。

想拿耳塞。

「無論你是誰，用蒼冥的外表，做出蒼冥不會做出的表情，實在是——辣眼睛！」

太傷眼。

她還一手摀住眼，一副實在看不下去，再看就要吐的表情。

「妳……」他的眼裡快速閃過一絲疑惑兼有趣的神采，臉上的神態卻完全不同。

「他」明明是她放在心上的人。

在「他」面前做這種反應、這種表情。

「他」看了，不傷眼。

但是，傷心啊。

「你是誰？」玖玖問道，眼裡有疑惑，但是語氣卻漫不經心。

「蒼冥。」

「我覺得，你把我當笨蛋。」

這位……突然冒出來的誰誰誰，難道不知道，事實勝於雄辯？

硬拗，或者死不承認，都是沒有前途的。

「我覺得，妳把我當壞人，很沒良心。」他有點兒委屈。

「面對一個戴著面具、頂著別人的臉，欺騙別人、藏頭縮尾的壞人，不用講良心。」玖玖無情地回道。

「那面對一個關心妳、把妳放在心上的男人呢？」他表情一柔，身上沒有任何一絲危險之意，像是完全卸下所有防備。

如果她現在再攻擊他，他一點防備都沒有，不死也重傷。

「你又不是他，問這麼多做什麼？」才不要告訴他，不是蒼冥，就算頂著一張蒼冥的臉，也別以為她就會手軟！

她才不是那種看臉就會手軟的女人。

說到這裡，她忽然眼神怪怪地看著他。

「難道你在秘境待太久，被秘境關傻了、太無聊了，所以看見什麼事、什麼人都好奇，就算一個大男人化身打探別人隱私的三姑六婆，也不在意？」簡稱：八卦。

光看他現在的表現，也知道他的來歷肯定不簡單，說不定以前還是個驚天地、泣鬼神的大人物，現在居然無聊到變八卦男……

想到這裡，她看著他的眼神都帶點兒同情了。

他：「……」

她講話，真不中聽！

還有，那帶點兒同情的小眼神是怎麼回事？他堂堂——

難道需要別人同情？

同情他，是對他的侮辱。

雖然他神情冷淡，像蒼冥一貫會有的表情，但是在端木玖眼裡，他不是蒼冥，而是敵人。

在戰場上，分心大忌。

對待敵人，一秒都不能放鬆觀察。

所以就算只是他一點點細微的心態變化，也被她敏銳地捕捉到了。

他也發現了。

好敏銳的感應！

他有些驚訝。

這麼個修為連他一根指頭都沒及上的小女娃，對魂力的感應竟然這麼強?!

這種情況，該不會……

呵呵，有趣了。

不急，他可以再觀察。

而越是交談，她的思路就越漸清晰，那些模糊的記憶和遲鈍的感知，也越來越清楚。

一進入內境，她整個人就變得奇怪，像中了遲鈍魔法，思想遲鈍、動作遲鈍、反應遲鈍。

是又誤入了幻境嗎？

不對，不像幻境。

像是，她的感知被影響了，對記憶、對環境、對周遭的判斷力，都變得模糊，難以準確。

神智？

靈魂？

針對魂力的攻擊？

還有……秘境裡才有的寒玉。

玖玖看著他，有點懷疑他的身分。

「你到底是誰？為什麼能變成蒼冥的模樣？」不但從她這裡知道蒼冥的樣子，就連武器、攻擊招式，也一模一樣。

難道，她很想念蒼冥嗎？

而且還思念到連他的一舉一動都記得清清楚楚，所以透過她的記憶，他就能變成和蒼冥一模一樣的面貌？

……放在心裡默默思念到絲毫不忘什麼的，這很像前世裡文藝片的女主角會做的事……雞皮疙瘩。

這麼文藝實在不適合她。

還有，為什麼他能知道她在想什麼，而且是在她不知不覺的情況下？

如果這就是靈魂攻擊的一種方式，就太令人防不勝防。

玖玖直覺收緊思緒，封閉思緒。

「他」眉一挑。

好聰明的小傢伙，竟然這麼快就察覺了，而且憑本能阻斷他的探查。

靈魂力很強哪。

而且她的血脈……哦呀！

這就是他一直在等的「答案」嗎？

他在心裡轉過好幾個念頭，臉上完全不動聲色。

「妳猜猜看。」既然騙不動她，乾脆就不否認了。

但騙不倒她，還難不倒她嗎？

在沒有給任何線索的情況下，就看她能怎麼猜。

可惜，他興致勃勃，玖玖完全不配合。

「我為什麼要猜你是誰？」

他一挑眉。

「妳不是想知道嗎？」

「嗯，想知道。」她點頭。「不過，知不知道，影響不大。」以為她看不出來他想為難她嗎？

就算再想知道，也沒有想到自動送上門被人當好戲看的程度。

尤其這個人不明身分、敵友難分、性格還有點惡劣。

雖然不能百分之百確定他對她沒有敵意，但是玖玖的直覺認為，就算有敵意，也還沒有到生死大敵的程度。

但是要說對她有什麼好意……也並沒有。

在他眼裡，她覺得自己肯定很像是一個——自動送上門的玩具。

然後他理所當然的：不玩白不玩。

……有點不爽。

「不想猜，那可不行喲。」他突然一笑。

玖玖立刻提高警覺。

「這個人，妳認識嗎？」他手一揮，飄著細雪的空中，突然出現一幕截然不同的景象——

端木玖一眼就認出那道朦朧的人影。

四哥！

烈日當空。

滿天的黃沙，隨風飄揚，一陣又一陣。

一陣未落，一陣又起，漫漫煙塵，半掩視線。

一望無際的沙漠遠處，緩緩出現一道身影，從模糊到清晰，只見他手持金鐗，緩緩前行。

突然，從地底竄出好幾道細小黑影。

他神色不變，腳下的步伐不亂、不停。

「咻、鏗、咻咻咻——」

一只金鐗迅速揮動，一道道細小黑影逐一被擊落地面。

他才前行幾步，竄動偷襲的細小黑影，再度出擊。

「咻、鏗、咻咻咻——」

金鐗揮動，細小黑影再度全數被擊落，一個不漏。

只看這種熟練度，就知道他遇到這種攻擊，一定不是第一次。

仔細一看，那些細小的黑影，是沙漠中最常見的毒蠍，只要不近身，殺傷力就不算強。

比較麻煩的是，這種毒蠍通常群聚而居，數量眾多，發現攻擊對象後，攻勢就會一波接一波。

短短幾丈路，就遇襲了近十次。

毒蠍的攻勢終於停歇。

雖然走在沙漠中的人依舊毫髮無傷，但時間一長，襲擊次數再多上幾倍幾十倍幾百倍，就難說了。

除非能離開這片沙漠。

但是從他進入這片沙漠開始，漫天的煙塵始終在空中飄旋，四周不見人跡、也難以辨明方向。

想離開，似乎也不是那麼容易的事。

他在這裡，那麼他的弟弟和妹妹呢？

端木傲雖然擔心，卻也冷靜，前進的腳步不慌不亂，就在他一面思考、一面又擊退好幾次沙漠毒物的攻擊後，遍地的黃沙突然強烈震動起來，形成一圈又一圈的凹凸變化。

是流沙！

平坦的沙地，轉眼之間像在地底下多了好幾處漏斗，形成一處又一處凹陷的沙旋，沙流的速度極快，一個緊接著一個不斷出現，逼近那個還在行走的人影。

在沙旋終於在他腳下成形，他一縱身頓時浮空，與地面拉開數丈的距離，只見地上的沙旋，像在呼吸一般，藉著不斷吞吐流沙，形成一股下陷的吸力，讓端木傲不得不提升高度。

然而——

「吱！」

一聲尖銳的嘯鳴聲，從空中朝他直撲而來。

襲面而來的禽影，是他的身體的數十倍大，他執鐧一擋，沒能擋住那股衝勢，當場直接被撞落地面！

一人一禽，瞬間被流沙吸住。

那隻撞來的巨大禿鷹彷彿不要命似的，不但不飛起來求生，反而直接壓著他倒進流沙漩渦裡。

一人一禽，轉眼被流沙吞沒！

「四哥！」端木玖踏前一步，空中的影像卻消失了。

她立刻看向他。

他則是摸摸下巴，一臉思考。

「四哥？你們是兄妹？可是……長得不像啊……」

端木玖：「……」長得像不像是重點嗎？重點難道不是四哥到底有沒有危險嗎？

好吧，四哥有沒有危險，跟他完全沒有關係。這個人就是故意想看她緊張擔心，甚至生氣。

他成功了。

「你把四哥弄去哪裡了？」

「怎麼是我呢？我只是讓妳看一看別人的遭遇，沒想到他是妳哥哥。」他語氣無辜，輕嘖一聲，覺得這年頭好人難當——

沒關係，他現在也不算是人，是好人壞人都不要緊。

再說，如果他真的是個好人——會有人嚇暈的。

自我安慰，加上自我肯定一下，然後再度轉向她的眼神，就像一個慈愛的長輩，在看一個不聽話、故意叛逆的孩子。

他充滿包容、很有耐心地解釋道：

「進入秘境後會遇到什麼，全看各人的運氣，這可不是我控制的。」

在他「不想」控制的時候，當然「不是」他控制的。

包括她出現在這裡。

包括她那個四哥會掉到沙漠境──唔，不過她這個四哥，似乎有幾分本事，應付得不錯嘛！

別的地方他不管，其他人去了哪裡、遇到什麼事，他連看一眼的興趣都沒有。

只有她在這裡出現以後的事──「蒼冥」出現，是他做的。

這樣比較起來，他很重視她吧，還陪她在這裡玩，給她看其他人的情況，再配聊天打謎語呢！

端木玖：「……」她真的有一種，他就是想看她緊張著急生氣對他認輸的感覺。

想看她乖乖配合給他想要的反應嗎？

「但是，你可以讓四哥脫離危險的，對吧？」就算最後得乖乖認輸，也不能太容易。

他思考了一下，才點頭回道：

「可以。」停頓了一下，「妳想要我救他嗎？」

「不想。」她一點猶豫都沒有。

他好整以暇的表情，有一絲絲龜裂──又縫回去。

「妳不擔心他嗎？」這可有點……不配合他呀。

「我覺得這種程度的危險，應該難不倒四哥。」雖然沒真正清楚四哥的實力，但是端木家這一代的天之驕子，也不是浪得虛名。

哪有那麼容易就出事。

她對四哥有信心！

「妳剛才明明很擔心。」他看到她向前一步了。

「乍然看到哥哥被攻擊，我當然會擔心呀，但是再想一想就會知道，其實不用太擔心。」

還真被她猜中了。

但是面對兄長的險況還這麼冷靜，看起來不像很有兄妹情的樣子——不過他沒有兄弟姐妹，所以不能因此就覺得，人家沒有手足之情。

但是，她也未免太難拐了。

沒關係，進來內境的人有很多，再換一個。

「那這個人，妳認識嗎？」他話聲一落，空中再度出現另一處——

一片黑。什麼也看不見。

端木玖懷疑地看向他。

給她看地底嗎？

他卻好整以暇、嘴角含笑地回視著她。

玖玖瞬間福至心靈，以魂力透過眼睛去看。

是六哥?!

「他」見狀，略微滿意。

不笨。

很好。

要是不能領會，代表她是笨蛋。

他不喜歡笨蛋。

全黑的地方，伸手不見五指。

不知道自己在哪裡，雙腳也踩不到實地。

只是落在一根像是樹的枝幹上。

四周伸手可及的距離中，空空如也。

但是他的手才伸出，就感覺到手背上一陣刺痛。

淡淡的血腥味，隨即飄散在空氣中。

他收回手。

風？

他伸腳，跨出一步。

「咻——」

細微的風聲挾帶銳利的氣息，劃破他身上的外袍。

「嘶啦！」

他收回腳步。

四周立刻歸於寧靜。

無風、也無聲。

雖然目不識物，也沒有其他支撐物與聲音，但是端木風並不急、也不慌。至少他確定了這裡的危險程度。

等級三星的鎧甲，防護力完全不夠，在這裡只要風一吹就能割破，簡直比普通的布衣還要沒有防護力。

過了一會兒，他舉足再踏出另一步，踩定——

風聲再來。

「呼唔——呼——」

不同於剛才踏出步、察覺動靜後立刻收回，他這一次確實移動了一步。與他移動程度相同的，這次的呼嘯聲比剛才明顯，挾帶的銳利之氣，也比剛才更重一點。

「嘶啦，嘶啦！」

兩道細微的風聲，一上一下，卻帶出鎧甲裂開的聲音。

雖然人沒有受傷，但是上臂護鎧與腳上的長靴，各被劃出一道開口，大大降低了鎧甲的保護作用。

能劃破堪比四級魂器的護身鎧甲，這裡的風……不是一般的風，必然含有某種極具破壞性的能量。

當他再度站定時，周身還有一陣餘風吹過。

「呼……呼……」

不過這陣呼嘯的風聲，輕得沒有任何攻擊性，比較像是在確定他能所在的位置範圍。

風，是活的？

他又作了幾次試驗，身上也因而多出好幾道傷口，空氣中的血腥味，漸漸濃郁起來，呼嘯的風聲中，好像也多了一點不同的聲音。

「呼唔……」

在幾乎要確定，只要他不動就不會被攻擊的時候，卻有什麼東西朝他而來——

他立刻避開。

「呼！呼！呼！」

「嘶、嘶、嘶——」

「呃……」

他悶哼一聲，鼻間聞見比剛才更多的血腥味。

當他移動的程度越大，風的攻擊就越強烈，這點是肯定的。

但除了風，剛才憑空突然撲來的……是什麼？

還沒等他想出什麼，那種危險的感覺又來！

他再次移動。

身上同樣再次帶傷。

「呼唔——呼唔——」

避得開第一波，就避不開第二波。

而且一波接一波，根本沒有喘息的機會。

不一會兒，他身上已經血跡斑斑、鎧甲破損得像布條，傷痕累累、傷口多到看起來很可怕。

但是他卻依然保持冷靜，閃避的動作有條不紊，硬是讓自己受傷的程度，就保持在表皮的輕傷，沒有任何一道是重傷或致命的。

在保持受傷程度的同時，他也在作各種試探，測試他所能動用的魂力與擴大活動的範圍。

久攻不下，隱在黑暗裡的攻擊，像是沒了耐性，攻擊的速度頓時加倍！他身上的血跡與傷口，也頓時成倍增加！

「呼唔——呼——」咻、咻、咻——

血腥味越來越濃，對他不利！

他手一揚，長戟護身。

「鏗！」

鏗鏗鏗鏗鏗。

衝擊聲不絕。

明明是沒有實體的空氣，卻與他手上的長戟擊出聲響，那到底是什麼……

「呃?!」他突然神情一變。

腳下所踩的枝幹，消失了！

他隨之毫無支撐地往下墜落。

「六哥?!」玖玖心一緊。

畫面頓時消失。

「這也是妳哥哥？」真巧。

隨便逮到的兩個人，都跟她有關係——其實也不能說是隨便逮到，這兩個人，是這次所有進入內境的人中，他判斷為本身潛力最高的幾個人之二，實力可排前三。

玖玖沒理會他的問題。

雖然畫面是黑暗的，但是她看見六哥的情況了，而且在六哥往下墜時，她看見六哥是旋身想往上飛，但卻好像重力失衡一般，根本飛不起來，只能一直往下掉。

「剛才那是什麼？」那些對六哥造成傷害的——不知道是什麼，她也沒看清。

「妳猜。」

又猜？又不是過元宵節。

「不猜！」

「噢。」有點失望。

端木玖瞇起眼，簡直想瞪他了。

「可惜……」他真的很惋惜。

「我六哥……出事了？」

他唇角微揚，不語。

「……」這表情，是又要她猜吧！

有這麼喜歡別人猜謎的……呃，姑且算前輩好了——他年紀肯定比她大大大大大……很多。

不對，不是他喜歡讓人猜謎，而是這位「前輩」無聊太久了，逗她好玩。

端木玖是可以隨便被逗著玩的嗎？

實力。

哼哼。

冷靜想了想，她神情又安定了。

「算了，不用問你也知道，六哥一定沒事。」如同四哥一般，她也相信六哥的實力。

反而是她，如果換成是她遇到這兩種情況，她該怎麼破局……

「是嗎？」他語氣莫測高深的。

「我對六哥有信心。」端木玖回過神，對著他甜甜一笑。

「嘖，無趣。」

「……」不要用蒼冥的臉做出這麼奇怪的表情好嗎?!

很傷眼！

端木玖忍了忍，實在忍不住。

「你可以換一張臉嗎？」

「為什麼？」他摸了下自己的臉。

不好看嗎？

這可是她最想念的一張臉啊，她應該很想多看幾眼的。

而且，長得也不難看——當然，遠遠比不上「他」。

「你的表情完全不對。」她十分嫌棄臉。

「啾啾！」站在端木玖肩上的焱跟著叫兩聲，同樣表示十分嫌棄。

他不看端木玖，反而看著焱。

「你這隻小小的鳥，也敢嫌棄本——我。」差點把自稱叫出來。

「啾啾！」嫌棄嫌棄。

就嫌棄了，怎樣？

他突然彈指一射。

一道細小如子彈般的白光噴射向焱。

「啾——」

焱嘴一張，火一噴。

「轟」一聲，白光與火光同時消失。

他見狀，低聲笑了起來。

「我倒一時忘了——」

這隻看起來像小鳥的小鳥，並不是真的小鳥。

「應該是這個。」他伸出手，再度彈出一道白光，射向焱。

不對，不是白色，是銀色的！

端木玖阻止焱噴出火焰，反手以流影迎擊——

「咚！」

重重一聲。

那道有如水滴的銀光穿透流影的劍脊，射進端木玖的右肩，紅色的血腥味立刻滲了出來。

「呃……」端木玖咬著牙。

那道銀光，滲在她的肩膀裡，讓她的右肩瞬間像被無數道重力往下拉，沉重得幾乎要落下地。

「啾啾啾！」

焱一陣怒鳴，隨即化成一道紅色光芒，沒入端木玖的右肩——端木玖臉色一白。

紅色火光瞬間又竄了出來，化成焱的模樣，還吐出一滴銀光的物體，把它呸入雪地裡，再踩踩踩！

然後對著那個奇怪的男人，生氣地「啾啾啾啾！」

「吵。」

「啾啾啾——轟——」不啾了，噴火！

他一見，身影瞬間左右挪移，準確無誤地避開火焰，再站回原處。

「只會噴火，是對付不了我的。」就算他無法讓這隻小鳥停下噴火，但要避開真的一點都不難。

「是嗎？」

現場突然冒出第四個聲音。

「誰？」他一凜，猛然抬頭。

一道火光從天而下，劈向他——

第二十四章「真的」來了

「蒼冥」瞬間被劈成兩半，身體還燃燒起來。

奇怪的是，被火焚燒了，他臉上的神情卻沒有露出半點痛苦，反而半是懊惱、半是笑意。

哎——呀！太大意了！

竟然被個小輩給偷襲了。

幸好……沒被別的人看見，不然就實在太損他的威嚴和威名……不過，現在的他，還有威名可言嗎？

消失太久的人，總是容易被遺忘。

那場大戰後，經過了太久太久，隔了不知道多少世代，現在說不定早就沒人認識他了——真是讓人不爽！

得刷一下存在感。

怎麼刷好呢……

他漫不經心地在腦袋轉了好幾個念頭，一點也不在意自己的身影正被一團火焰焚燒著。

就在他的身體快要被焚滅時，他的眼神掃過端木玖和她頭上的紅色髮飾，瞬間秒懂。

他竟然忽略了這個。

真的是太大意了。

他才不認為自己是因為「老」，而是待在這裡安逸太久，才會忽略了這個。

不過，忽略了也沒什麼。

反正，也傷不了他，就是這個化身，沒得玩了。

他的身影消失在雪地，被火燒得真是連灰都不剩。

焱頓時高興了。

「啾啾啾啾！」

這歡快的鳴叫聲，絕對是幸災樂禍兼慶賀。

就算不是牠燒的，也是燒掉了，結局是對的就成。

要不是焱沒有手，絕對會順便鼓鼓掌，拍手叫好！

而隨著火光熄滅落地的，是一道蘊含力量的挺拔身影。

紅髮、紅衣、紅鎧。

手持一把被火焰纏繞的長劍。

一擊得手，看著人慢慢消失，紅髮男子這才回過頭。

俊美卻清冷、又令人無比熟悉的面容，一下子撞進端木玖和焱的眼裡。

「啾？」焱疑惑。

不是燒沒了嗎？怎麼又出現了？

可惡可惡想燒他。

焱想朝他噴火，但在火出嘴之前，又覺得好像哪裡不一樣，豆大的眼睛疑惑了，只好看向玖玖。

而在一人一鳥，一疑惑、一訝異的同時，他已經跨步而來，避開她受傷的右肩，環抱住了她。

好久不見——不對，是「好久沒抱」。

「蒼冥?!」她有點不敢置信。

但這回，是真的。

不是剛剛那個奇怪的——人。

應該是人吧？玖玖不太確定地想。

「嗯。」他點了下頭，低頭看著她冒血的右肩，表情不太高興。

「你、你怎麼會在這裡？」驚訝到小小結巴。

「妳流血了。」

他先扶她坐好，然後小心地掀開她肩上的斗篷，一手摀上她受傷的部位。

如果說剛才受傷後，傷口的感覺是灼熱感，現在，就是一陣暖熱的感覺，但並不會不舒服。

而且，原本正汩汩流血的傷口，漸漸停了。

蒼冥很專心幫她處理傷口，端木玖卻抬起頭，看向剛才那個「蒼冥」被燒滅的位置——

「呵。」

一聲輕笑聲傳來，隨之出現的，是一道——黑色的人形影子。

蒼冥的耳朵瞬間動了下。

但是他沒有回頭，也沒有任何反應，只專心地包紮端木玖受傷的右肩，表情嚴肅又認真，像把這件事當成頭等大事。

其實，不用包紮它自己也會好——

玖玖是很想這麼說，讓蒼冥不用太忙，但是看到他的眼神，她想，還是別說了，蒼冥高興就好。

於是，沒事做的端木玖，很給面子地看向那團黑色人影。

「啾啾！」

就算只是一坨黑影，但是這就是那個討厭的人！氣息沒錯、感覺沒錯！他怎麼還在！

焱用力揮動翅膀，表達憤怒。

憤怒到——一身紅色羽焰，都快燒成金色了。

「怒火，真是個好東西呀。」看著變色的焱，黑影的語氣聽起來是很有興致的樣子。

他像在考慮，怎麼樣可以讓小鳥更怒一點。

「焱。」端木玖輕喚一聲，伸出手。

焱憤怒揮翅膀的動作一頓，回頭，立刻飛到她手上。

「啾。」玖玖。

焱習慣性蹭了一下玖玖的手。

她心念一動，將焱送回巫石裡。

裡比較好。

焱「變色」，在還沒有恢復到最佳的狀態時，絕不是好事，別讓牠繼續待在這

「嘖，無趣。」現在連鳥都沒得逗了。

他老人家——不對，他不老。

總之，沒鳥可逗，太無趣了呀。只能逗人了。

端木玖不高興地眼一瞇。

逗她的焱當樂趣，問過她了嗎？

但不一會兒，她微笑了。

「我認為，如果角色對換一下，應該就會很有趣了。」

這意思是，把他換成那隻鳥，被逗著樂？

就算是在久遠久遠以前，那個他還不算太厲害、還在努力修練的時候，也沒人敢說要逗著他玩。

不對，是連想都不敢想！

敢想著「逗」他為樂的人，而且還說出來，她絕對是頭一個。

「妳的膽子，真的不小。」

「一般而已。但是膽子這個東西，也可以因人而異的。」玖玖一點都不怕他。

「妳確實膽大。」敢在他面前這麼說話的人，不是傻大膽、就是笨到沒有自知之明。她嘛——

既不像傻大膽，也不像腦子不靈光。難道有底氣？

黑影的眼神，自然來到蒼冥身上。

他嗎？

就在他這麼想的同時，在他身側，不知道什麼時候出現了一把劍，正指著他，蓄勢待發。

「喔?!」黑影訝異。

這劍什麼時候出現在他身邊，竟然還指著他了？

一次被偷襲成功，一次被人用劍威脅，卻毫無察覺。

他真的太大意了。

難道悶太久讓他的實力退化得這麼嚴重？

「要打敗你，才能離開這裡嗎？」玖玖不跟他廢話，直接問。

「打敗我？」黑影真的笑了。「如果真是這樣，那妳這輩子——大概離不開這裡了。」

頓了頓，指了一下蒼冥。

「就算加上他，也一樣。」

「是嗎？」她這是被小看了？

「不信，妳可以問問他。」

端木玖立刻看向蒼冥。

「打敗他，暫時做不到；不過離開這裡，可以。」蒼冥語氣平靜。

承認自己實力不如人，不是示弱，只是說出事實。

但現在做不到，不代表以後不行。

現在實力不如人，不代表他們就得受制於人。

想困住他？

就算這團黑影是傳承記憶裡的那個人，也不行！

「不用想著怎麼離開，我不放行，她是走不了的。」至於蒼冥，怎麼來，就怎麼離開囉。

一般來說，他沒興趣為難別人家的小輩，就當是給某人——不對，是給「某狐」一個面子。

「你要留下她？」蒼冥表情很冷。

「這個嘛……也不是一定要留下。」語意深深，但是他不說了。

又吊人胃口。

玖玖忍住望天的動作，配合地問道：

「然後？」

這位「老人家」，似乎不是因為太無聊才喜歡逗人，而是，可能他本身就很「愛玩」。

說不到兩句話就開始吊人胃口，這種惡趣味，跟他說話的要是個沒耐心的人，可能會氣得直接腦充血。

「這樣吧，讓我露面。」

「露面？」端木玖疑惑。

「就是把他遮臉的黑影打到不見。」終於包紮好她右肩，蒼冥不太滿意，覺得自己需要再練練的同時，也順便解釋了一句。

端木玖就懂了。

黑影一挑眉，這話講得真是沒有美感，有點嫌棄。

不過，他有種自己的身分好像已經被看穿的微妙感覺。

蒼冥回身，看著黑色人影，眼神微瞇。

「你這個樣子，我有印象。」傳承記憶裡有個人——會同樣的本事。

「喔？」果然。

蒼冥跟「某狐」，果然有關係啊。

而且他這種表情，是表示他的傳承記憶裡，不是什麼好印象嗎？

黑影低笑了一聲，說道：

「你為什麼能出現在這裡，我也知道。」來而不往，非禮也。

狐的秘密，他也知道喔。

蒼冥握劍的手一緊。

「時間哪，很重要呢。」黑影語意不明地說道。

端木玖看看黑影，又看向蒼冥，突然秒懂。

「你等下會消失?!」或者可以判斷為：蒼冥的出現，是有時間限制的。

蒼冥點頭。

「你這樣現身……沒關係嗎？」玖玖下意識摸了下頭上的髮飾，好像……尾巴少了一根？

「沒事，不用擔心。」蒼冥摸摸她的臉。

「嘖。」黑影不以為然。

蒼冥看他一眼，有種警告意味。

不要多話。

黑影：「……」

敢用眼神威脅他，真是好膽，簡直比某隻狐——還囂張！

還有，一個用劍、一個用眼神，都在威脅他。

現在的小輩，真的太不禮貌了。

「蒼冥，我沒事，可以應付，你回去。」就算她實力還不夠強，但保護自己還是可以做到的，所以不用勉強自己來幫她。

她沒忘記蒼冥是被天雷追著跑掉的，那表示這方天地並不歡迎他，現在他又回來——

也許該慶幸現在是在秘境裡，大概、天雷、可能、不會跑到這裡來趕人。

「那可不一定。」黑影說道。

這下，蒼冥和端木玖齊齊看向他。

「雖然妳的實力……嗯，算是不錯，」沒有出口就嫌棄，他還是很有長輩的風範的；給這個評價，黑影覺得自己真的很善良了。「不過，只有這樣，還是不夠喔。」

如果他真的對她有殺意，她絕對沒有逃命的機會。

他真吵。

蒼冥和端木玖同時對他投去嫌棄的眼神。

年紀大的人怎麼沒有一點眼力，看不出來他們正在講兩個人的悄悄話嗎？偏偏他一直出聲。

不想理他都不行。

「他在這裡，一定很無聊。」端木玖「小聲」地對蒼冥說。

「不甘寂寞？」蒼冥挑眉，很配合地道。

莫非這是「年紀大」的人會有的毛病？還是只有「他」才有這毛病？傳承記憶裡沒有提這一點。

「大概吧。」用這四個字來形容，好像哪裡怪怪的。

「那把他打暈。」就不會吵了。

端木玖：「……」

這回答，真・蒼冥・式。但是——

「打得暈嗎？」根據剛才的經驗，這團黑影的實力比她高很多，比蒼冥——就不知道了。

蒼冥的表情頓了頓。

「我會盡力。」認真。

「不用，太麻煩了。」端木玖果斷地道。

比起打暈他，不理他更好。

「蒼冥，你知道他是誰嗎？」

「他——」

「想知道我是誰，不如直接問我。」黑影打斷蒼冥的話，覺得這兩個小輩，實在太無視他了。

「他是誰？」端木玖就是不問他，只問蒼冥。

黑影：「……」

「他的名字，由他自己說出來比較好。」蒼冥沒有開口，只透過兩人相連的意識告訴她。

黑影抬手，朝兩人揮出一道攻擊。

停在他身側的那把劍立刻一動，擋下他的攻擊。

蒼冥和端木玖看向他，異口同聲：

「你偷襲！」

「這是教你們，不要忽略眼前的敵人。」偷襲，也是理直氣壯的——絕對不是因為被忽略，氣不過才出手。「不過，妳的反應不錯。」

偷襲完，還要順便點評一下。

即使她的注意力沒放在他這裡，也沒有忽略潛在的威脅。

警覺性很高、夠細心，反應也夠快。

但是，即使他只是隨手一擊，攻擊力也不算小，這把劍能擋下……煉製的水準不錯啊。

比他過去看到的那些破銅爛鐵好多了。

他記得之前好幾回，進內境的人提過——現在煉器水準最好的煉器師，在東明城，買到出自東明城的魂器的魂師武師們，還很自豪。

……無知得簡直讓他看都不想看下去。

同等級的魂器，在他眼中，優劣性也是差別很大的。

那些魂器在他眼中，就是破銅爛鐵。

而她持的這些劍——一體成型、分裂而成，煉材融合均勻、成器威力均勻。成套的魂器要煉製到這種程度，表示煉製的人對於魂力的控制相當精細，而且煉器的手法也相當熟練。

「妳的劍，也不錯。」再加一句稱讚。

「謝謝。」玖玖不客氣地應下了。

他似乎訝異了一下。

「妳真不謙虛。」

「如果我謙虛，就太對不起師父了。」任何時候、任何事情，玖玖都有可能會謙虛。

但是煉器，不會。

這一點，從過去到現在都一樣。

「妳有師父？」

「是啊。」這語氣，他好像不太高興？

的確是不高興。

感覺有人搶了他的身分。

等等！

「這劍是妳煉製的?!」

「是呀。」玖玖點頭。

「……」感覺更不高興了。

他伸出手，彈了一下劍尖。

「鏗——」清脆的聲音，頓時響了一下。

雖然他只待在這裡，但是整個秘境內外的情況，都在他的掌握裡。

有人黑吃黑、最後打成一團，有人掉進陷阱直接把命留在這裡了，也有人在努力突圍。

這些，都是一次又一次秘境開始，必然會有的情況，他都看到懶得看了。

不過，能接近這裡的人，一個也沒有。

這回倒是有一個女人特別囂張，在內境裡，直接追殺起人來了。

那些人在找什麼、想幹什麼，他沒興趣理會；他們想找到控制秘境的方法、把寒玉秘境占為己有——呵呵，作夢比較快！

夢醒了什麼都沒有。

這些人挺煩的。

他心念一動，把跟那個女人相關的人，直接一個大範圍地震，讓他們全掉進地坑裡。

看著他們因為往下掉震驚、驚愕到來不及害怕的表情，他很滿意，心情頓時好了不少。

至於那些被追殺因而受傷、或者追殺人反而受傷的人，再掉坑裡會不會直接掛掉——自求多福吧！

越來越接近秘境關閉的時間了，他的時間也不多了。

「你們兩個一起上吧。」免得以後有人指責他以老欺小。「能讓我露面，什麼都好說；要是不能——你們兩個，就留在這裡陪我吧！」

這話一說，兩人的表情都有點一言難盡。

蒼冥：「……」並不想陪個脾氣難測的老頭子。

玖玖：「……」才不要！

黑影：「……」這兩個人臉上嫌棄的表情太明顯了！

「哼！」

黑影一不高興，伸手往兩人一點。

一股魂力頓時分散而出，化成一座無形的牢籠，罩住兩人。

牢籠雖然無形，但是蒼冥與玖玖都感覺到了。

不必交流，兩人一左一右，默契地同時揮出一劍。

「砰！」

一聲碎裂的聲音響起，蒼冥飛身而出，舉起火焰的劍削向黑影，黑影隨即幻化移位。

玖玖的長劍隨後追擊而上，黑影卻不閃不避，伸手握住刺來的劍。

玖玖神色一動，劍上突然爆出一陣火焰！

黑影同時縮手，再度移動身形——但蒼冥已經堵在他轉移的位置上，火紅色的長劍，直接揮向他。

面對攻擊，黑影只一揮衣袖，長劍立刻被揮開。

蒼冥手腕一轉，劍身再度轉向襲向黑影，黑影卻旋身一揮袖，一股黑色的、灼熱的氣息朝蒼冥直撲而去。

蒼冥立刻飛身退開。

一旁的端木玖見狀，手訣連翻，隱匿的飛劍頓時同時出現五支，以五星方位圍繞，齊攻向黑影。

「嗯?!」

黑影驚異地看了端木玖一眼，在五劍齊攻而至的那一刻，黑影瞬間化為虛影，任五劍穿身而過。

隨即又恢復原來有實體的黑影，接著伸起手一握，四周空間倏然一緊！

玖玖有一瞬間的呼吸困難。

蒼冥的身形也有瞬間的不穩。

「蒼冥?!」玖玖剛好看見了。

「沒事。」蒼冥面不改色地回視了她一眼。

同時間，除了玖玖手上的劍、已顯形的五支劍，其餘還隱藏的三支，全部現形。

「套劍。」而且，是九支。

九，真是好數字。

黑影一看就明白了，語氣裡似有笑意。

玖玖眼神一轉向他，顯形的八支劍同時轉向，相互交射出無數劍光，密密織織攻擊向黑影。

「哦呀！」

層層疊疊的劍光、劍影、劍身，一重接一重、一波接一波，間不給隙，更沒留有喘息的空間。

黑影一時之間閃避、遮擋、移動得很忙碌。

玖玖就趁這時候，掠身到蒼冥身邊。

「蒼冥。」她伸手一握他的手——沒有實體感。

「沒事，只是力量消耗過度。」蒼冥想反握，卻——沒有握住。

「你——」玖玖還想說什麼，卻聽見「鏗！」一聲。

八支圍攻黑影的劍，被擊落了一支。

玖玖轉身，一伸手，那支被擊落的劍瞬間飛到她手上，在她手上的雙劍一疊，立刻合而為一，再飛射而出，補足原來的八劍。

但同時八支劍攻擊方向一變，七支主包圍，合一的雙劍主攻，攻圍俱備，而且雙劍的攻擊力，至少是單劍的雙倍，範圍也變大，加倍的攻擊頓時讓黑影「很忙」，一不小心，「嘶啦」一聲。

「嗯？」黑影再度驚訝。

他的衣袍被削落一角，掉落到白色的地面上，清晰地顯露出原本的黑色，然後又消失。

黑影在忙碌中，特別看了玖玖一眼。

「妳的魂力……好方法。」

她的劍，很特別；攻擊的方法，也很特別。在他不以修階的實力壓制下，讓他忙成這樣，還硬是吃了點兒小虧。

她的魂力附在雙劍上，能削落了他一絲衣角——她果真是很適合的人哪！

再看向蒼冥——

「她比你厲害，先讓我吃虧了。」

他冷靜得一點都不像那個傢伙呀！

「那你該檢討。」蒼冥毫不遲疑回嗆。

「……」他可能錯了，某種程度上，這小子還是有繼承到那傢伙暴躁的脾氣。

玖玖快速看了兩人一眼。

這兩個人，都知道彼此的身分，就瞞著她——不對，是這個以「玩人」為樂的黑影老人家瞞著，蒼冥那句「他的名字，由他自己說出來比較好。」的話，她還是相信的。

什麼樣的人——或者身分，會讓人連名字都不輕易說出口？

玖玖開始好奇了。

這個世界，似乎比她想像的——更大？或者說，更複雜。

資訊不對等，容易出現判斷錯誤，所以首先，得知道他是誰。

既然以魂力為攻擊有效，那……

「呵呵。」黑影笑了兩聲，伸手往虛空一握。

空間頓時靜止。

八支劍的攻擊，也同時靜止，像被制住般，停在半空中。

玖玖的意念一頓，手指微動，被限制住的雙劍掙動了一下，沒能掙動限制。

黑影看了她一眼。

玖玖也回望，同時雙劍又掙動了一下，而且範圍大了一點。

黑影握拳的手，再度一緊。

雙劍頓時不能掙動了，玖玖也感覺到彷彿有一股無形的力量，壓迫著束縛住自己，讓她像雙劍一樣，不能動了。

「空間控制。」

蒼冥冷冷地看她一眼，手一揮，阻斷了黑影束縛住玖玖的力量。

束縛猛然一鬆，玖玖被反作用力震退了一步，心神倏動，雙劍同時掙扎限制，飛回到她手上。

黑影唇角微揚，像是讚賞——不過沒人看見。

他轉向蒼冥。

「來，讓我看看你的實力。」否則，救不了她的喲！

讓她來主攻，自己休息，這可不像——那個傢伙傳下來的風格哪。

蒼冥一動，劍未出，火勢如延長的閃電，迅速竄燒向黑影；人劍緊隨而動，朝黑影縱掠而去。

黑影伸出手，彷彿握住如閃電般蜿蜒竄來的火舌，身形隨火勢飛退，同時拉開了與蒼冥的距離。

蒼冥在空中一揮劍，巨大的劍光蘊含熾熱的火光，瞬間劈向黑影！

黑影見狀，手中握住的火舌在一瞬間凍結成冰，變成黑影的武器，轉而迎向那道巨大劍光——

「轟！」

冰與火，在空中一交擊，爆出巨大的爆炸，震飛最靠近交擊的兩人，威力之大，也讓玖玖不得不一再後退。

而蒼冥在單足觸地後，借力立刻又掠向黑影。

黑影則在落地後，身形轉為飄忽、虛虛實實，雙眼可見，他的位置一直在變化。

蒼冥絲毫不受影響，毫不猶豫，直接朝前方揮出一劍！

黑影手上冰劍一揮，看似輕飄飄，卻凍住了蒼冥的攻擊，只聽見「啵」一聲，攻擊瞬間碎散。

蒼冥毫不停歇，再度進攻。

但是兩人誰都沒退，更沒有拉開距離，就在三尺之間，快速地交戰。

同一時間，玖玖發現，原本被控制住的七支劍，突然沒了限制的力量，她立刻全部召喚回來，重新隱匿。

蒼冥和黑影的對戰，從地面，延伸到了空中。

一離地，蒼冥整個人與劍彷彿合為一體，速度快得幾乎讓人看不見人影，只看得見一道焰紅的色彩。

而黑影，在這片下著雪的天地裡，卻彷彿消失了黑色，只留下一道銀白色的劍光，不斷與紅色的火焰光芒劇烈碰撞。

在交錯之中，不是火焰被冰凍掉落，讓紅色劍光的威力逐次變弱，就是火焰消融了冰劍，讓冰劍的體積一次次變小。

紅色的劍光與銀白色的光芒不斷交錯、兩道身影又不斷被相互的交擊作用力震退，再立刻攻擊向對方，來來回回，勢均力敵。

近身攻防速度之快，教人目不暇給，幾乎看不見其中的身影。

端木玖眼也不眨地看著兩道交錯的身影與交戰的軌跡，除了天賦技能的運用，兩人每一次交鋒，都會帶動周身空間的爆炸，只是這種爆炸在紅白劍光之前，光芒與範圍都顯得太過渺小，不細注意，根本不會發現。

尤其這種爆炸，並不是劍技引起的，而是劍技的交擊與交戰兩人發出的魂力所引發的震盪，才造成爆炸。

理論是這樣，但是單憑技能，就可以讓破壞力達到這種程度嗎？

除了魂技的應用，應該還有——魂階。

現在的玖玖，是做不到這種程度的；但是對他們兩個人來說，這種程度好像很平常。

而且不止如此。

在兩人的交戰攻防之間，到目前為止，有來有往、有攻有守，但是兩人都還沒有受傷。

也就是說，他們在不受對方攻擊傷害的同時，也避開了這些隨機出現的小爆炸。是隨時就能察覺到周身有形無形的變動，還是這些變動就是由他們控制的？

過去，她知道有能控制五行、自然元素的人，她自己因為修練的功法，也能暫時使用。

那比較像是借用，並且要有相應的方法，並不是隨時能像本能一樣自由應用，只除了火。

而黑影剛剛那一手——是完全轉換了元素。

還有，他之前制住她的劍那一手，應該不是只因為他的修為勝過她許多，而是有什麼更關鍵的原因才對。

玖玖的注意力都放在兩人的戰況下，同時還在思考。

劇烈交戰的蒼冥和黑影，在彷彿化為兩道紅白劍光、交錯過無數次後，紅色的身影與黑色的身影，卻在雪地裡漸漸露出了痕跡。

儘管兩人的交戰不曾放慢速度，但身形卻越來越清晰。

這並不是兩人的攻擊越來越弱，而是在交戰中，除了劍，還有另一種更強悍的力量，連周圍的空間都被震盪，才讓他們的身形顯露出來。

而這種力量，甚至比劍光所形成的攻擊更大，而且持續擴散，甚至波及到旁觀的玖玖。

玖玖不得不連連後退，離他們越來越遠。

以蒼冥和黑影的這種打法，她感覺，近戰自己是插不上手的。

但是，誰說她只能加入近戰？

玖玖右手微動，手上雙劍消失，一把淡金色的槍形武器，悄然出現在她手上。

同時，焱也出現在她肩上。

「啾啾。」小小聲的，像在撒嬌。

玖玖摸了摸焱的頭。

此刻的焱，一身赤紅的羽毛，顏色看起來特別鮮豔、模樣特別可愛。

「讓那個不肯露臉、以長欺幼、又惹你生氣的黑影人，吃一次虧好不好？」她低聲說道。

「啾！」好！

玖玖微笑，又輕撫了牠兩下，接著微閉了下眼、深吸口氣。

焱就靜靜站在她的肩上，玖玖周身，卻開始泛出淡淡的紅色火光——她舉起手，甚至連瞄準都不必，直接扣動食指。

「咻！」

一顆細小又無聲無息的子彈，悄然擊中黑影。

「哦呀！」

黑影一訝，動作只慢了一瞬，蒼冥的劍，也刺進他的身體裡。

迷霧般的黑影，頓時變得虛虛實實起來，像是要散開。

黑色人影下，似乎藏著一個……黑色的人？

不是，是黑色的衣服。

黑色衣袍上，繡著一種奇特的暗金色花紋。

有點眼熟。

「你們兩個……」黑影嘆笑了一聲。

像是讚賞，又像是不以為意，對自己被擊中、輸了一局這件事，有一種坦然，又像是不以為意。

接著，黑影，就在兩人面前消失了！

第二十五章 父親?!

四周突然靜寂下來。
零零散散、自空中飄曳而下的雪花，一點都不受任何影響，依然緩緩飄落著。
玖玖向前一躍，瞬間就到蒼冥身邊。
她仔細感覺。
黑影人，真的消失了。
「蒼冥？」再轉頭，她有點擔心地看著他。
蒼冥的身影，好像又變淡了。
「沒事，只是時間差不多了。」
「時間？」她直覺抓住他的手。
蒼冥反手就握住。
「別擔心，沒事。」
真的嗎？
玖玖的眼神，充分表達出懷疑。
「遠距離化身，實力難免弱一點，也沒辦法長時間存在，真的沒事，不要擔心。」蒼冥伸手，摸了下她的臉。

化身。

小狐狸！

「是這個。」她一摸頭上的髮飾，感覺觸感有點不對。

尾巴，好像變少了。

「你一直跟著我？」

「我的實力還不夠，只在妳有危險，才能感應。」平時，就算只現身也是不行的。

時空的壁壘與限制，不是那麼簡單就能打破的；留下他的化身，只是以防萬一。

而化身，是有時間限制的。

現在的他，只能做到這種程度。

玖玖不關心時空問題，只擔心——

「真的對你沒有影響嗎？」

「沒有。」

「當然有。」

兩個聲音同時響起。

玖玖和蒼冥同時轉過身，望向聲音來處。

只見周遭景色完全變了。

雪白的天地消失，映在眼前的，是一處暗色的華麗宮殿。

以「華麗」形容，並不是整座宮殿有多金光閃閃、璀璨耀眼。

相反地，挑高的大殿，幽深得讓人看不清上方天花板的高度，只能看見隱隱約約、有如星空般，緩緩忽閃的點點光芒。

殿中，除了以兩排黑色圓柱隔出殿中央的通道之外，連殿牆上也沒有任何多餘的裝飾。

整座宮殿中最多的顏色，就是——黑。

奇特的是，明明是暗夜的黑色，宮殿內卻完全沒有光線灰暗之感。

仔細一看，殿中的地板、樑柱、殿牆，甚至是天花板，全用了特殊的材質——被師父列為罕見、珍貴的那一種。

在師父給她的「煉材包」裡，有這一種。

只有一小塊，目的就是讓她認一認，以防日後見到卻認不出來——被師父知道會想殺徒的。

不過……這應該，只是類似投影的一種景象吧。

儘管看起來是真的，摸得著的圓柱也是真的，踏足走進去的宮殿，也是真的，不是看得見摸不著踩不著的幻象。

這是怎麼做到的？

剛才出聲的人，就坐在一根根黑色圓柱之前，階梯之上的王座。

蒼冥看著他，立刻知道這是哪裡，是怎麼一回事。

冥殿。

王座。

他的領域。

王座上坐著的男人，有著一頭黑色的長髮，頭戴暗金色的華麗髮冠、額前的鈿環不顯，卻讓人難以忽略；一身黑色長袍，邊上繡著暗金色的圖紋、綴以奇特的材質，連結到腰束中央的環釦，再延伸至雙腕間的護套，形成一個完整的異樣圖紋。

乍看只以為是華麗。

而細看，卻讓人立刻產生一種暈眩感，神智漸漸模糊。

……這是攻擊?!

就算只是幻化，在這座大殿裡，他也是真實的，並不因為是幻化，就減弱多少威力。

玖玖只暈眩了一下，就清醒過來。

王座上的男人，有著一張略顯蒼白的臉龐，臉上的五官組合起來，有著超越性別的深邃與俊美。

他的長髮與略帶慵懶的氣質，會讓人以為這是個無害的男人。

然而他眼瞼下的眸光，卻又有一種危險感。

他只是坐在位置上，姿態甚至不是非常的威嚴與正襟，卻不知道為什麼偏偏讓人無法忽視他的存在。

並且在他面前，自然而然，有一種緊張感。

明明他什麼動作都沒有做，卻也給人一種壓迫感，讓人只是站在他面前，就覺得自己動彈不得。

玖玖也真的動彈不得了。

但不是因為他給的壓迫感。

而是因為——他的臉。

「玖玖？」蒼冥有點擔心地望著她。

難道「他」放出來的壓迫感太重？讓玖玖難以承受了？

就連王座上的那個人，都有點好奇地看著她。

要說她被嚇住，那兩個男人的答案，就是相同的三個字：不可能。

尤其是坐在王座上的男人，根本不覺得她有這麼膽小，更何況，他並沒有刻意做什麼。

她的表情，與其說是嚇住，不如說是：震驚。

而且，就連在她肩上的焱，似乎也是同樣的神情。

「啾啾？」還歪頭。

「父親……」玖玖幾乎是無聲地說出這兩個字。

但是蒼冥，和王座上的男人，都聽見了。

父親?!

蒼冥還來不及驚訝，就先發現，玖玖的眼眶有點紅，放在身側的手，握得很緊。

「玖玖。」他的手包住她的，真的有點擔心了。

在他還在她身邊的那段時間，從沒有看見她出現過這麼脆弱的神情。

像是極致悲傷後，又重新獲得什麼的不敢置信，卻又極力克制住自己，不讓自己的情緒外露。

「父親。」王座上的男人笑了，露出有些新奇、又覺得有趣的神情，內心卻有一種微妙到他說不出來的感覺。

是開心嗎？

開心自己喜當爹?!

……感覺有點蠢，應該不是他會做的事。

但是這種微妙的、像是高興的感覺，從何而來？

而他一出聲，玖玖就從震驚的狀態中回神，將焱抱到懷裡，緩緩安撫著，像也在安撫自己。

好一會兒，才看向蒼冥。

「沒什麼，只是有點驚訝。」

「……」蒼冥不太相信。

那是「有點」而已嗎？是「很」驚訝。

玖玖也知道自己的解釋有點牽強，可是真要解釋清楚，又太長了，只好簡單地說——

「他……長得很像一個人，一個對我來說很重要很重要，我以為，我再也看不到的人。」

蒼冥也知道現在不是追根究柢的好時機。

「以後，要完整告訴我。」好嗎？

「嗯。」她點頭。

「有人和本尊長得很像？」王座上的男人，一臉興味地開口。

而他一開口，玖玖的震驚就更少一點，眼神也慢慢恢復正常，想了想，用有點挑剔的語氣說道：

「……大概，也沒有真的很像。」

那個人，沒有這一位這種惡趣味的性格。

但拋去性格，只看外表，就真的幾乎一模一樣——玖玖忍不住多看他一眼，然後克制地壓下內心的情緒。

然後想到他從出現到現在表現出來的性格，玖玖一下子就冷靜了。

簡單說來，就是不開口不說話，他可以帥人一臉；一開口一說話，讓人只想糊他一臉。

「你是誰？」

「本尊，帝宸。」

當他的名字說出口的那一刻，整座宮殿，彷彿震盪了一下。

那種震盪，不是宮殿震動，而是一種有如自遠古而來，由耳膜震入心魂的那種撼動。

玖玖輕皺了下眉，蒼冥神情凝重。

顯然，蒼冥感受到的異樣，比她重。

不過大致來說，兩人都沒有受到太大影響。

王座上的男人挑了挑眉，有些滿意。

以實力和修階來說，蒼冥不提，她——實在太弱了一點；但是她的表現，回回讓他驚豔。

「讓他露臉」這個條件，沒想到那傢伙的後人沒做到，她卻做到了。不錯。

當然，這個「不錯」的標準，是根據這些年進入寒玉秘境裡的人的綜合實力來當作評斷標準。

如果按以前的他認為的標準，那她的實力就是三個字：弱爆了。

如果他還是當年的他，那她大概連想站在他面前好好說話都做不到——不只是她，進入這個秘境的所有人都一樣。

不是他嫌棄，實在是他們的實力——就不怎麼樣，偏偏大多數人還自以為很厲害，那副模樣，看得他屢屢很想出手一巴掌把人給巴進土裡，讓他們好好在土裡反省一下自己的人生。

能對端木玖說出「不錯」這兩個字，還有一個原因，也是以她的年紀、有這樣的修為，確實是不錯。

時間實在是太久了，久到讓他不得不一再降低標準，把本來神階以下皆螻蟻的想法，調整再調整，變成天階以上，勉強及格。

唉，這個標準對他來說，真是太墮落了。

但是嘛，也沒辦法。

入、境、隨、俗。

此一時，彼一時。

要是死守著一種規矩和教條，他墳頭上的草已經生生死死幾萬個輪迴了——等等，他沒有墳頭。

算了，意思就是那樣。

再說，他也不是什麼墨守成規不變的人。

看心情，才是他。

「帝——」玖玖本來想說他的名字，卻發現不知道為什麼，她說不出口。

明明沒有什麼限制住她，她卻無法完整地把兩個字說出來，難道，這就是蒼冥剛才不說的原因？

「本尊的名字，不是隨便一個人都可以叫的哦！」他手肘側靠著王座扶手，指背虛撐著下頷，淡笑的表情，有點氣人。

「恕我孤陋寡聞，我沒有聽過你的名字。」沒、聽、過。

哼地頭一撇，玖玖的話，比他的表情更氣人。

王座上的男人臉上的笑意一頓。

蒼冥微微挪前，要是有突發狀況，他一跨步，就隨時能保護玖玖。

「……」不氣，不氣。

時間經過太久，現在的大陸與以前也截然不同，她沒聽過，很正常——個鬼！他想打人！

當然不是打眼前這兩個小輩。

而是揍那個膽敢打主意打到他身上的人！

不氣，不氣。

他既然沒死，總有機會的。

「所以，你到底是誰？」

「本尊，冥域之主。」真沒想過有一天他居然還得自我介紹，而不是別人一聽就知道他是誰。

不氣不氣……太難了！

「冥域？」又是一個完全沒有聽過的地方名稱。

帝宸：「……」
深吸口氣，看了一眼蒼冥。
「你解釋。」本尊需要冷靜一下。
坐在王座上，他閉上眼。
怪了，本尊是一個修養如此好的人，怎麼會沒講幾句話就生氣？
本尊可不是某個爆脾氣的傢伙呀！
她可太有本事了。
蒼冥：「……」從沒見過如此嫌麻煩不想解釋就把解釋推給別人還這麼理直氣壯的人。
難道他看起來像愛解釋、話很多的樣子嗎？
「蒼冥？」玖玖有點想笑。
蒼冥的表情一向不多，話也不多，但現在他的表情真的有點難以形容啊！有點怒。
不想照做。
但要反抗——事實是，他們兩個加起來，想在他手上占到便宜幾乎是不可能的。
她之所以能得手，也是因為他並沒有認真與他們對戰。
但是僅僅只是「沒有認真」的程度，就夠難住她和蒼冥了，也可以說，如果他真想打敗他們，他們兩人可能連出手的機會也沒有。
所以，想反抗，但是時不予他們呀！
現實也不予他們。

也幸好，他對他們沒有什麼惡意，可能……還和蒼冥的長輩有情誼。

否則他們恐怕真的會有危險。

「上古時代，大約距今十萬年前，曾有四域之稱。分別是：人域、獸域、冥域與神域。

四域之中，除了『神域』不可知之外，另外三域原本是相連的。

但後來發生一場大變故，冥域從此封閉、獸域與人域隔開，而人域破裂，除了這個天魂大陸之外，還有一處名為『神魂大陸』，以及其他大大小小、知道或不知道的空間與陸塊，都屬於人域。」

比如這片「寒玉秘境」，就可以算成是被知道的空間。

海上眾獸聚集之地，也是除了天魂與神魂之外的陸地之一。

「神魂大陸。」玖玖低語。

蒼冥所在的地方。

北叔叔就在那裡。

還有她這一世的……父母，也在那裡。

「三域各自有一位至尊，就稱為『域主』，能掌控那一域的空間，受那一域生靈所敬。」頓了頓，「他，就是冥域之主。」

冥域。

不知道為什麼，玖玖想到在神遺山谷誤入的那個地方，以及——

這座冥殿，跟山谷裡那個荒涼的神殿，似乎有點像。

「所以……」玖玖想了一下修辭，最後決定還是直接說：「他這是遭遇了什麼堪比被天地辜負的慘事，變成現在這個樣子？」

蒼冥：「……」被天地辜負？

王座之上的帝宸也睜開眼，「……」天地哪敢辜負他?!

兩個男人都一時無語，不約而同，用很一言難盡的表情看著她。

焱突然出聲。

「啾啾！啾啾！」天地辜負！天地辜負！

叫完，還特地回頭瞄了王座一眼。

他一定是壞人！

帝宸眼神微瞇了瞇。

對玖玖，之前還可以揍她揍得很順的，但從她說出「父親」這兩個字之後，不知道為什麼，就有點揍不下手。

但是對這隻鳥——

他伸出手一張開，焱不由自主地向王座飛去。

玖玖眼明手快地抱住焱，然後假裝什麼事也沒有，臉上表情認真正經，兩手把焱抱得穩穩，免得一不注意再被「吸」走，繼續問蒼冥：

「那時候是發生了什麼事，讓三域完全變了樣？」

蒼冥想了一下。

「簡單來說，就是一個陰謀家、一個不知道是真傻還是假傻，再加上一個自願被捲進去的，三個男人打來打去、三域無辜被牽連的故事。」

玖玖：「……」

真、真簡單的說法。

那三個男人傻不傻，她不知道。

但是蒼冥這種說法，聽起來就好傻！

帝宸：「……」

聽起來，配合事件來看似乎是沒錯，就是形容得太差了——不過，蒼冥是那個傢伙的後人，對他的用詞和口述能力，不期待也罷。

但是單聽這幾句話，不知道事件的前因後果，這種簡單的說法是個什麼鬼？

他感覺，蒼冥這個小輩是在報復他，破壞他的形象。

「那——」玖玖本來想問那個不知道真傻還是假傻的男人是誰，卻突然住了口，看了王座一眼。

她覺得，鐵定、百分之百，是他了。

人物還是先省略不問，反正只有三個人，很容易區分，所以她改口問道：

「那打來打去之後，又發生了什麼事？」

「兩個重傷，一個失蹤、生死不明；天地裂開了。」蒼冥的回答，依舊是簡短得讓人吐槽無能。

玖玖：「……」

她終於後知後覺地發現，蒼冥好像有點怨念。

而且，有點故意耶！

帝宸：「……」

有人物、有結果，十萬年前那場耗時不知道多少天，打得天昏地暗、天崩地裂、死傷無數……最後天地分開、域境關閉的大戰，就被他這麼幾句話給說完了。

聽起來一點都不精采，什麼驚心動魄、奮力征戰、勇往直前、寧死不屈之類的，完全沒有。

只有平板的十七個字，就包含了過程和結論。

簡直……有夠無趣！

而且讓人完全無法了解當時的震撼與威力。

「啾啾啾。」焱在玖玖懷裡，小小聲地叫。

意思是：這一點也沒有我和玖玖當年那一戰那麼驚天動地、轟轟烈烈、命也不惜、只為復仇的那麼壯烈啊！

王座上的男人沒有聽懂焱在說什麼。

但是，焱嫌棄的眼神，他看出來了。

他忍了忍，覺得忍不了，就算蒼冥是那個老傢伙的後人，他也得揍蒼冥一頓才能消氣！

這時候，玖玖安撫的聲音傳來。

「焱，乖，不能這樣說。蒼冥不會說故事，不代表那個故事就不高潮迭起、精采絕倫。」頓了頓，「不過，至少蒼冥有說到重點了。」

重傷。

失蹤。

天地裂開。

雖然形容得非常簡潔又貧乏，不過沒關係，玖玖已經自動把這些詞結合成一個大概的狀況。

能打到天地裂開的架，肯定很大。

主人翁的其中之一在這裡，能跟他打架打得旗鼓相當，有重傷、有失蹤，沒有當場死亡，大概，打架的三個人，彼此實力應該差距不大。

而帝宸，應該就是這三個人其中之一。

玖玖突然抬起頭，看著帝宸。

「你是那個失蹤、生死不明的人？」

帝宸一窒。

「為什麼這麼猜？」

「直覺。」

「……」這答案真是，很好，很強大。

帝宸無言以對。

偏偏，她說對了。

玖玖再看向蒼冥，語氣有些遲疑。

「那三個人其中之一，有你的……長輩？」

「是我父親。」蒼冥乾脆多了，直接承認。

他不像某人，老是想賣關子整人。

玖玖沉默了。

「玖玖？」蒼冥關心地看著她。

玖玖的表情難得出現困惑。

「沒什麼，我只是在想……你的年紀有多大了。」

蒼冥一頓。

「……年紀？」

這問題，他真沒想過。

對於他來說，年紀，向來不是問題，也不重要。

重要的是，以他的種族來說，他還不算成年，還、很、年、輕。

但是，玖玖是很認真在思考。

「他，」指帝宸。「不知道是幾萬、還是幾十萬年前的人，當時你父親也在，所以從那時到現在，保守估計，你父親應該至少也是幾萬歲了，而你是他的兒子……」

按照她前世的說法：年齡差三歲是一個代溝。

那蒼冥和她之間的歲差很可能不是代溝，而是比馬里亞納海溝還要深的溝——黑洞！

在場兩個男人加一隻鳥沉默了一下，帝宸突然爆出一陣大笑。

「哈哈哈哈……」

不只爆笑，人還笑到東倒西歪，看得玖玖都替他緊張。

幸好王座夠大，可以讓他笑到滾動都不會掉下來——當然，他堂堂一界帝尊，才不會出現這種有損尊格形象的蠢況。

他就這樣笑來笑去，還不忘說一句老實話——

「蒼冥，小姑娘嫌你——年紀大啊！」

哈哈哈哈哈哈。

第二十六章　爸……爸？

雖然自己也被歸類於「年紀更大」的那個，但是，這不算是個事兒。

他是長輩，當長輩的年紀比較大不是應該的嗎？很正常。

反正，幾歲和幾萬歲，都統稱為「年紀大」。

一樣。

他年紀大、妥妥是長輩，挺好。

但是蒼冥嘛……

哈哈哈哈哈。

雖然在他眼裡，蒼冥的年紀也算是個小娃娃。

但，以人族的算法而言，也真的是年長她不少。

尤其蒼冥那酷似某人的冷淡表情，難得出現明顯的黑暗和無語……帝宸笑得更大聲了。

蒼冥低頭看著玖玖。

「真的嗎？」她，嫌棄，他，年紀大？

雖然他的語氣一如往常，但玖玖就是聽出了其中的委屈和低落。

「不是，只是好奇。」她否認。

「這個不重要，我就是我，妳就是妳，不會變。」年紀，是問題嗎？在蒼冥眼裡，當然不是！

只要玖玖也不在意就可以。

這時候，突然有個小小的聲音在提醒：

「不要傻傻的被哄啊，這個時候當然要問到底。」

不用抬頭玖玖都知道，會做這種提醒的人，只有王座上的那一個。

玖玖立刻對著他問：

「那你幾歲了？」

帝宸：「……」怎麼問他？搞錯對象了吧！

不等帝宸回答，玖玖又轉向蒼冥。

「你介意我的身高嗎？」

以現在他們的身高差……超過一個頭啊。

當然，她還會長高的，未成年的人身高都有反轉的機會。

「當然不會。」雖然不知道話題為什麼從年紀變成身高，但是蒼冥毫不猶豫就回道。

「那就沒關係了。」

「什麼沒關係？」那麼輕易就放過年紀這個問題，帝宸覺得很無趣呀。

「身高不是距離，年齡不是問題。只要滿足我的好奇心就可以。」玖玖笑咪咪地說道。

蒼冥：「……」這到底該高興還是惋惜？

話題。

帝宸：「……」喂喂，也要滿足我的好奇心呀！

誰說男人不介意年齡這個問題？這個問題是不分男女的呀。

大概看出來兩個男人都不想回答這個問題，玖玖也不急著現在就知道，跳一個話題。

「你把我困在這裡，是想要做什麼？」

雖然時而針鋒相對、時而說笑，敵友難分，也沒有立刻的危機感，但玖玖的腦子是很清醒的。

即使她和蒼冥都在這裡，但是一開始進入秘境的就是她，也只有她；蒼冥只能算是意外。

所以他的主要目標，應該只是她。

「這個，我們待會兒再談。妳要不要先把他送走？」帝宸指了指蒼冥。

玖玖：「……」

送走？

這兩個字的背景樂是要配嗩吶？

能不能講究點兒用詞！

「有話直說。」蒼冥第一時間摟住端木玖的肩，面無表情地對帝宸說道。

「嘖……」這一副他會對小女娃兒做出什麼天地不仁的事的保護樣兒，是在想什麼？

他真想做什麼對她不利的事，就憑他一個小小小的小輩能阻止嗎？

果然是那傢伙的兒子。

有夠不討喜。

小女娃和蒼冥在一起，浪費。

不過身為長輩，他大~度。

也不想在那傢伙不在的時候，把他兒子欺負得太狠，免得未來再次見面的時候，那傢伙立刻就抓狂找他先打一架。

雖然他本人不怕打架，但打架太耗時間了、而且也不怎麼優雅，能省事還是省事點兒。

「你的時間快到了。」於是，帝宸難得地發揮長輩為晚輩著想的大慈愛心，善良地提醒道。

「不急。」蒼冥頓了一秒鐘，說道。

「噢……你不急呀……」帝宸看向端木玖，笑容很有深意。

玖玖立刻看向蒼冥。

「沒事，只是分身出現的時間快到了而已。」蒼冥輕描淡寫地道。

「是呀！只不過超過時間，你得多費力休養、虛弱一下而已，基本上不會死的。」帝宸微笑。

「……」這聽起來實在不像是安慰人的好話。

這位的標準是——只要不死，都是小事嗎？

好吧，對他來說，好像是這樣沒錯。

「蒼冥，你先回去吧。」雖然是小事，但是玖玖沒忽略那重點的幾個字。

休養、虛弱。

在這個強者為尊、隨時可能遇到危險的世界，虛弱，是大事！

「沒事。」

「不用擔心我，就算我還不夠強，但也不是誰打都會倒的。你的安全，也很重要。」

玖玖沒有忘記，她第一次遇到蒼冥時的那個情形。

被追殺、受傷，還是從另一界退到這一界。

雖然不知道蒼冥的身分在獸界算不算高，但就算身分高，想以下剋上、自己上位的魔獸也肯定有。

可想而知，蒼冥的血統，也不是絕對安全的保護。

蒼冥看著她，輕撫了下她的頭髮，然後看向帝宸。

微閉著眼、一副慵懶樣半躺在座椅上的帝宸，一派舒適的自在樣，動也不動。

「怎麼，要本尊保證嗎？」

蒼冥眼神遲疑。

「嗯？」這表情，是什麼意思？

「我只是在想，你的保證，有用嗎？」蒼冥慢吞吞地道。

帝宸驀然睜眼。

「你知道……你現在在和誰說話嗎？」

一股危險的無形壓力，頓時籠罩住蒼冥，卻偏偏沒有波及到端木玖。

但是她感覺到了。

端木玖一閃身站在蒼冥身前，同時揮出一道魂力，護住兩人。

然而下一瞬間，空氣中無聲迸出一道碎裂聲。

「哐！」

玖玖被震盪得倒退一步，正好靠入蒼冥懷裡。

帝宸眼神一動。

籠罩住蒼冥的壓力頓時收回。

蒼冥眼神不善地看著他。

就算剛才有任何內傷或被攻擊的痛楚，他也半點都沒有表現出來，雙手環抱住玖玖，氣息同時籠罩住她。

「逞強。」

帝宸不以為然，這兩個字也不知道是在形容他，還是形容她。

「彼此彼此。」蒼冥語氣淡淡。

玖玖露出一抹乖巧的笑，但是眼神可沒那麼乖。

「……」真不愧是那傢伙的兒子，都有氣人的本事，好在他——「抗氣性強」，沒那麼容易被氣到。

至於她……

算了，他安慰自己，他是長輩，肚量大一點吧！

能見到故人的晚輩，也是緣分。

「算了，你走吧！」

帝宸一揮手，蒼冥的身影突然不受控制地飛起。

蒼冥臉色一變，在他還來不及反應時，整個人就飄向空中，瞬間消失。

「蒼冥！」玖玖回過身，伸出的手正好和他的手交錯，指間的微微溫暖還來不及分辨，他就不見了。

玖玖一時愣住，心口驀然緊揪了一下。

帝宸看著她有些發愣的背影，忍不住搖了下頭。

「嘖！」

端木玖緩緩回身，默默拿眼睛瞅著他。

帝宸：「……」

莫名地有點心虛。

雖然她的眼神平靜，也沒有露出半點不滿或指責，但帝宸就突然覺得，他好像做了那根棒打鴛鴦的棒子——

去去，他才不是棒子。

「你們，太磨嘰了。」就算冒出奇怪的心虛，帝宸看起來還是一副理所當然的樣子。

「你不懂……」幽幽的語氣。

「本尊哪裡不懂？」

「你、單、身。」三個字。

帝宸：「……」

一針見血。

但是帝宸不以為然。

「妳怎麼能肯定，本尊沒有紅顏知己？」

「喔。」端木玖很敷衍地回應一聲，眼神裡寫著：難道你有？在哪裡？叫出來證明呀？

但不用證明，我知道一定沒有。

帝宸：「……」

雖然只應了一個字，但是她的表情已經把沒說出口的話，充分表達出來了。

帝宸覺得自己的拳頭癢了。

如果這是在以前，他一定會好好給她一點刻骨銘心的教訓，讓她知道嘲笑、吐槽、明嘲熱諷、暗暗笑諷……等等之類的，冒犯長輩的言詞表情，都是不對的，要受到處罰！

雖然現在，他也能給她一個難忘的教訓，但，就是沒想這麼做。

忽略這股莫名冒出來的，有點捨不得的感覺，帝宸直接說道：

「他的時間不多，我的時間也不多，就別浪費了。」

「時間不多？」這四個字，引起端木玖的注意。

帝宸慵懶一笑。

「看不出來嗎？」

是看不出來。

即使姿態慵懶，他那副睥睨、令人感到危險的氣勢，一點兒也沒減少。

包括這座宮殿，也堅固得令人無法撼動。

至少，她破壞不了。

「那很好。」他狀似滿意，點點頭。

「嗯？」什麼很好？

「如果被妳看出來什麼異狀，那就代表——本尊的實力真的是下降到了本尊想乾脆消失的程度。」丟不起這臉。

就算他現在的力量真的跟原來的高深高深高高深不能比，也絕對不想被個小輩給比下去，包括剛剛被他搧走的那隻。

玖玖無語。

他絕對是「頭可斷、血可流，面子不能丟」，愛面一族中的佼佼者。

這個性，真有親切感。

只不過，他更明顯，也更囂張。

「時間不多，是指秘境關閉的時間嗎？」玖玖直接問正題。

她敢拿師父送她那幾本厚厚器材書的厚度打賭，要是跟著他的話題一直說，那再說上幾天幾夜，都不一定能聽到他說正經的事。

她真沒遇過——說話這麼容易跑題的長輩。

莫非真的是一個人在這裡待久了憋壞了，好不容易出現一個可以和他聊天又不怕他的人，所以用力聊？

「是。」帝宸瞥她一眼。

別以為他看不出來她那嫌棄的小心思。

真是一點敬老的愛心都沒有——算了，他並不想認老。

「秘境一關閉，所有人都會被傳送出來，哥哥們應該就沒事了吧？」玖玖沒忘記之前他用來嚇她的影像。

雖只是影像，五官看得也並不真切，但是玖玖也不認為那就有可能是假的幻象。

這位帝──尊雖然無聊又愛逗人，但他性情高傲，是不屑於以虛假的幻象來誘人上當的。

「大概。」他心神一掃，那兩人的狀況立即了然於心。

於是又補了一句：

「雖然……現在他們看起來有點兒慘，不過，沒有性命之憂。」

他倆看起來是真的慘。

兩人身上的鎧甲都破破爛爛、身上血跡斑斑，受了不少傷……這還算幸運。

就憑那兩人身上那種他連看都不想看的鎧甲等級，想起來都覺得傷眼。

但是，能撐到現在能保住命並且看起來實力似乎還有點長進，毅力、天賦，都不錯。

「慘？」玖玖立刻看向他。

雖然他的聲音很輕，但是玖玖還是捕捉到重要字眼！

「小傷。」他瞥她一眼，回道。

看起來可能有點兒傷痕累累，全身上下都有血跡，但在他看來，不危及生命、又沒緊急狀況，只不過是一點考驗，這種程度當然只是小傷。

以他的標準看來，到現在都沒死還能動，這兩個人的天賦真的是不錯的……喲！

反轉突然就來了。

一個領悟了元素應用，很可以呀！

另一個……嘖，傷敵一千、自損八百，但也是通關了。

有點兒傻。

不過也算是沒有辦法中的辦法了，臨了最後一刻，居然也就這樣在流血中領悟了元素應用，也是——很可以呀。

對兩人的評價在他心中轉了一瞬，回過神，就見端木玖以很懷疑的眼神看著他。

「妳這眼神是什麼意思？」

「沒什麼意思，就是在想，你說的『小傷』，標準是什麼。」

他一笑，姿態慵懶地靠在王座上。

「沒死，還活蹦亂跳，這不就是小傷嗎？」

至於鎧甲破破爛爛、血跡滿身什麼的，鎧甲壞了正好換新的，流點兒血有益健康和提升實力，是好事。

玖玖想了想，大概確認，哥哥們傷得應該不重。

「活蹦亂跳」這四個字，還是很有說服力的。

堂堂……一域之主，應該也不會用這種假話騙她。

畢竟，面對一個用指頭就可以壓死的小娃娃，編個謊言騙她，實屬沒必要。

「在擔心別人之前，要不要先擔心一下妳自己？」他突然笑著對她說道。

「我？」他的笑容，讓玖玖直覺：提高警惕。

尤其他頂著一張，她永遠不會忘記的容顏……

玖玖頓時更警惕了。

「放輕鬆，本尊沒打算繼續和妳動手。」他輕笑。

「但是，我覺得你不懷好意呀！」她得時時刻刻提醒自己，即使長得再像，他也不是他，雖然他對她沒有敵意，但是以他之前的表現——她得小心不會被他給拐了或整了。

「真令人傷心。」他嘆氣搖頭。

「你的語氣裡，完全聽不出有任何『傷心』。」玖玖直白地說道。

「本尊傷不傷心，能讓妳聽出來？」

「能呀，你又沒有掩飾。」他連裝一下都沒有。

眼淚沒掉、表情也一點都不低落，甚至還眼露期待，這個樣子說他傷心，會信的，如果不是傻瓜，就一定是他的腦殘粉，而且是他說什麼都信的那種腦殘粉。

「但，本尊是真的有點兒傷心呀。」他嘆口氣。「本尊的女兒，不相信本尊的話，真的挺令人——傷心的呀。」

玖玖懵了一下。

「……女兒？」

「嗯。」他點頭。

「誰？」

「妳。」

這回，玖玖沉默了。

「……我什麼時候變成你的女兒了？」

她本人，不記得有這回事兒！

◈

「喔，剛才，我決定的。」王座上的男人微笑。

一錘定音。

「我沒同意。」

「妳不同意嗎？」他手支下頷，唇邊的笑意不減，就這樣，看著她。

那笑意，沒有多一分、沒有少一分，說是微笑，卻淺淺的，笑容一點兒也不明顯，意態之間漫不經心。

但是玖玖就是莫名的覺得，他的心情，好像很好。

雖然，他看起來一點兒也不像心情好。

像在逗人！

莫測高深的！

偏偏，他的神情像有一種迷惑力，讓人忍不住跟著他的意思，點頭點頭再點頭。

「不同意。」她才沒那麼容易被迷惑。

玖玖語氣堅定的。

貧賤不能移，威武不能屈，見到美色……不能被拐！

真的。

撇開他的身分、實力、一身威儀、難以預測的性情……等等，單論外表的話，小狐狸，還有一點點兒輸他。

在她心裡，他這張容顏，的確是最帥最頂尖的。

跟前世那個生她、養她、教她、育她的男人，她最敬愛的人，一模一樣。

所以他一出事，沐玖不惜一切，無論如何都要為他報仇。

所有負他、傷害他、將他視為犧牲品的人，都要付出代價！

「妳在想什麼？」帝宸看著她。

她在悲傷。

「沒什麼。」玖玖瞬間收斂情緒。「我不隨便認爹的。」

「本尊也不是隨便認女兒的。」帝宸支著下頷。「妳是唯一一個。」

玖玖看著他。

「沒什麼特殊的原因，要說有，就是，『一念，動。』而已。」

他難得解釋。

「妳能出現在這裡，也許是天意，或者說是巧合，都無所謂，事實就是，出現在這裡的人，是妳。」

「與本尊相見、通過本尊的考驗，妳就是本尊的繼承人。」

「本尊一生未曾動情，也沒想過要有子嗣，但是，妳輕喚出口的那兩個字，讓本尊覺得開心，所以，就這麼決定了！」

解釋到最後，還是很有他的風格：任性、隨心所欲。

想怎麼樣，就怎麼樣。

這一點性情，跟「他」也很像。

只是，這位更任性一點。

在以前的世界，地位再尊高的人，多少也要受人類世界的規則或規範所束縛。

但是在這裡，帝宸無視一切規則和束縛。

他實力強大、不懼付出任何代價，連命都能拿來賭，只為探索一個未知答案。

除了瘋狂，真的只有任性這兩個字能形容了。

「怎麼，還不願意？」

那倒也沒有。

只是，總覺得，哪裡怪怪的。

「當本尊的女兒，比撿到天上掉的餡餅還幸運，妳哪裡不滿？」她遲疑太久了，讓帝宸不太高興。

當他的女兒有什麼不好的，值得想這麼久？

但是，這麼不好拐，不愧是他看中的女兒。

有原則，有個性。

「天上掉的餡餅，通常代表的不是幸運，而是噎死人的後果。」

帝宸：「……」

他那一臉「他才被噎到」的表情，讓玖玖忍不住哈哈笑出來。

帝宸就那麼看她笑著，明明此刻他沒有實體，不應該有什麼實質感覺，但是，他卻真切感覺，心，被牽動了一下。

好像，在開心。

好一會兒，玖玖漸漸止住笑，看著帝宸。

「這世，我有兩個父親。」

帝宸挑眉。

「一個，是生我的父親，」她從來沒見過。「一個，是養我長大、我視為父親的男人。」

「那我呢？」

竟然有兩個人趕在他前面。

不、高、興。

玖玖偏著頭，看著他。

「你長得……跟我以前的爸爸很像。」後面的話，語音很低，幾乎聽不見。

但是，他聽見了。

換個坐姿。

斜倚扶手。

手支下頷。

長腿一伸，交疊蹺腿。

居高臨下，看著她：

「那，就叫『爸爸』。」

玖玖：「……」

這要是換張臉、換個地點、換個氣質、換個——氣氛，堂堂冥域之主，就要變成最佳中二裝老大派的代言人了。

呃……

那畫面太美，不要想下去比較好。

可是，看著他的臉，這張她最敬愛最想念的人的面容，前世還來不及告別就失去的至親……

「爸……爸。」

玖玖低著聲，喚了一次。

就算，是一種安慰也好。

在午夜夢迴的時候，她很想念，有爸爸陪、有爸爸教導的時候……

帝宸微蹙起眉。

雖然可以猜想得到，她此刻的乖巧喚聲不是對他，應該是透過他在喚著某個人。

但是她這想念、黯然的眼神，又莫名地，讓他的心揪緊了一下。

確定了這種感覺，帝宸眉宇蹙得更深。

等等，他忽然想到一種可能。

他集中魂力，再看向玖玖……

玖玖敏銳地抬起頭，本能防衛。

但他已經看到他想看到的了。

帝宸忽然低低笑了出來。

玖玖疑惑地看著他。

覺得他的情緒，真的是非常多變，難以捉摸。

玖玖唯一能肯定的是，他沒有傷她的意思，一點點都沒有。

「小玖兒，過來。」

玖玖眼神動了下，身體就不由自主飄到他面前。

帝宸兩指如劍，點向她額際，玖玖只覺得靈魂一震。

瞬間，無數的符號與文字、影像，宛如海嘯般洶湧地衝擊她的神智，她完全來不及辨識，只能任它們全數衝過她的認知，落在她的靈魂裡。

接著，是一幕影像，在她眼前呈現——

九天之上，煙雲繚繞，神山之巔，仙玉樓台，靈氣四溢。

四周無樂，卻比有樂更迷人。

氣氛祥和、悠然，不染凡塵。

兩名男子，一墨衣、一白袍，對座品茗。

其中那個墨衣男子的臉，她很熟！

另一名白袍男子，面容俊逸無瑕，一身卓然出塵，神態間含笑憫人，言談間從容平和，配合那身白，簡直就是善良博愛、悲天憫世的最佳代言人。

墨衣男子的懶散恣意、銳意暗藏，更襯出白袍男子的和善無害。

兩人對坐著，閒適地品茗說笑。

「這世上，還有沒有什麼，是你想要的？」白袍男子問道。

「這個嘛……」墨衣男子微閉著眼，像在沉思。

修練到了他們這個高度，修不修練，已經差別不大，這世間能打動他們的，也太少了。

因此，心緒幾乎少有波動。

這種心境，對於他們來說，並不是一件好事。

不過，墨衣男子並沒有這種困擾。

「最近，大概想找一個人來玩玩。」

「哦？」白袍男子好奇。

墨衣男子沒打算滿足他的好奇，一口飲盡面前的茶，手指轉著杯子。

「你今天，不太對勁。」

白袍男子微挑眉。

「你的心，動了。」這麼明顯的情緒波動，不該出現在他身上。

白袍男子笑了。

「大概是因為，時機到了吧。」

「時機——」呃！

墨衣男子身體一痛。

變故驀然來襲！

原本恣意姿態的男子神情頓住，感覺全身筋脈血肉像被什麼頓然冰凍住，白袍男子袖襬一揚，整座神山，轟然巨響。

仙玉樓台頓塌！

煙雲繚繞的祥氣飄飄，立成一片肅殺！

第二十七章　又要孵蛋?!

恣意姿態的男子唇邊逸出鮮血，踉蹌著倒後。

而造成這種變故的男子，神態間依然憫然，神情變也未變，然而眼神裡，卻有著一絲放鬆。

這第一步，也是最重要的一步，成功了！

喝下那杯茶，帝宸的實力，至少降低三分之一。

踉蹌的墨衣男子站穩後，雖然受傷，但神情卻沒有一絲動容與痛苦，依然是恣意的神態，目光卻了然。

「為了突破，你真不惜挑起兩域戰爭？」

上萬年的交情，在他眼裡，大概，也是隨手可棄。

帝宸有意外，卻又不是太意外。

只是沒想到，背叛他的，不只是白袍男子，也有來自——他冥域的種族，他的手下。

「只要能達成目的，眾生，不過螻蟻。」白袍男子並不在意。

「你就肯定，殺得了我？」讓他給他當墊腳石？

真敢想！

「當然。」男人自信。

若沒有萬全準備，他豈會輕易出手？

冥域之主這樣的敵人，真沒有準備，他也不會輕易出手，而且——

「不是兩域戰爭，是三域開戰。」他糾正說道，等著看男子變臉。

而男子果然一愣，然後，的確是變臉了。

但這個變臉，不是他期待中的驚訝、驚愕，甚至是驚懼，而是在訝異過後，墨衣男子笑了出來。

他皺眉。

男子笑了好一會兒後，才秉著最後一點點點點兒的友情之誼，很好心地說了一句——

「太貪心，不好。你，太貪心了。」

輕笑著搖搖頭，過後，男子只一抬手，一股強韌的氣勁四面八方散開，原本就倒塌的仙玉樓台，頓時碎散。

同一時間，兩人都騰空，眼看著底下的山峰，瞬間崩成平地。

氣勁波動，毫不止息地襲向對面一臉惘容的白袍男子。

白袍男子抬手，才化去氣勁，無數的槍影挾帶黑色火焰，從四面八方，連綿疊疊朝白袍男子衝刺而去。

白袍男子倏然變招，層層水幕瞬然出現，屏護在他周身，為他擋下無數槍影。

「咻咻咻咻——」

一道道槍影隱沒在水幕同時，白袍男變換手勢，澄澈的碧空隨之一變。

「轟」響一聲，天空裂開。

無數的黑色雷電從裂開的空中鑽竄而下，直撲對面的墨衣男子。

「真看得起我，本尊……這也算是被重點招待了吧！」

這種時候，他還笑得出來。

不閃不避，不動不擋，在他周圍，卻出現一片黑色暗河，將朝他撲來的雷電，盡數吞納。

雷電的落下，讓黑色暗河的範圍更加擴大，河上的水浪，也更加翻騰，洶湧沛然著，朝淡雅男子流去。

白袍男子見狀，立刻飛身後退；而原本不動的墨衣男子卻身影一閃，轉瞬到了白袍男子後方，堵住去路。

白袍男子在他一動的同時，手上出現一柄金色權杖，藉著後退之勢，重重擊向對方。

「轟——」

權杖不知被什麼擋開，對擊的兩名男子同時被這股衝擊的反撲力衝開，而這股力道的四散，頓時炸開了天地四方。

「轟隆轟隆……轟隆轟隆……」

而到這裡，兩人似乎也不再廢話，同時攻擊對方。

一時之間，只見空中不斷有暗色與白色的殘影飛速交錯，完全不停歇，沒有任何喘息的對戰，造成這一方天地動盪得猶如天崩地裂。

那種震動，撼人神魂。

讓即使不在現場的人，都能感覺到那股動盪，修為不夠高的，甚至都感覺自己的靈魂不穩得要飄出身體了。

同一時間，四方天地傳來數聲不同的獸吼、電閃雷鳴、火光沖天，無數魂器交擊造成的殺傷力與震撼，完全不輸這方的天崩地裂。

同一時間，北方沖出驚天巨浪、南方震動。

三道彷彿由亙古而來的低鳴聲，響徹整片天地！

同一時間，以兩人戰圈為中心，四周漸漸形成不同的戰場，各種不同的魂技迸發出不同的威力，讓天地更加動盪，戰場之上，交迸出各種色彩的爆炸，眩得人眼花撩亂。

墨衣男子身形一頓。

重傷沒令他動容，但是聽到那道聲響，他神態間的恣意一斂。

三域動盪。

即使這方只有他們兩人，但是墨衣男子感應得到，域門，開了。

三域之間，再無阻攔。

交戰的衝擊，讓相連的空間更加不穩定。

不斷有生靈在逝去。

從變故到現在，沒有他人趕來，便代表，所有人都被困住了。

他的手下，阻了他的手下，也許還有背叛者。

「毀天滅地，生靈盡廢，你是真的不在乎。」

白袍男子輕笑。

「螻蟻，不會滅絕的。」

滅絕了，也無妨。

螻蟻，到處都是。

螻蟻，與他無關。

只要能達成目的，這些生靈，該覺得榮幸。

「難道，你在乎？」白袍男子反問。

如果是，那他看見的帝宸，肯定是個假的。

墨衣男子忽然一笑。

「帝煉，你的願望，終究，只會是願望。」

不在乎，不代表就可以隨意毀滅。

生命，不來自於他們。

因果不相干。

那麼生命的結束，也不該由他們隨意了結。

白袍男子微笑的神情一頓。

「什麼意思？」

「自己想。」

帝煉，太自以為是了。

墨衣男子才不會費神解釋。

「一句話，以為能擾亂我？」白袍男子不信。

想亂他心，不可能。

若沒有把握，他不會出手；一旦出手，就必要達成目的。

就算不是這個答案，能除去一大對手，也值得！

兩人再度開打。

這一次，雙方都沒有克制力道。

白袍男子手中權杖揮動，每動一次，牽引著雷鳴地動。

原本神山所在的位置，從參天的高山塌成平地、陷成地洞，現在已呈崩裂之勢。

墨衣男子手中，不知何時出現一柄烏色長槍，槍過之處，雲走電閃，回應著雷鳴地動，萬里之地，無一處完整。

修階相近，力量又互剋，誰留手，誰就是重傷的一方。

一黑一白兩道身影，在空中交錯，形成黑與白兩種色彩，漸漸涇渭分明，交戰完全沒有停歇，明明兩人所在的地域不過百里，然而由戰意交織成的風暴，卻從百里、千里，擴散到萬里、萬里之外。

遠處而看，這方區域幾乎形成了黑與白的兩色世界。

剛絕又強悍的力量，所過之處，不只天翻地覆，同時生靈盡絕，連一草一木，都不例外。

誰敢靠近，還不等接近兩人，只要一踏進戰場範圍，就會立刻被戰圈裡的力量絞殺！

而在兩人交戰的戰場外，天際的雷鳴聲，低低的，聽似無意，卻一重接一重，漸漸地，聽得人心裡極度不安。

無數的交戰聲不絕於耳，四方戰亂漸漸連綿成片，一時之間，整片大陸的天地全都動盪起來。

無數巨大的獸影互相衝撞，空中更有無數人影來回交擊，兩者交相形成的巨大聲響與破壞力驚天動地，更甚的，在天地之間，出現越來越多的無聲漩渦，默默吞噬著所有生靈、吞噬著所有撞進漩渦裡的人與獸。

鄰近的旋渦漸漸相連，由小變大，除了生靈，開始連地面都吞噬。

突然，一道紅色的火光，由遠處飛躍而下，硬生生剖開黑與白的戰圈，劃出一道紅色的立足之地。

當三色世界並立之時，一道巨大的九尾獸影，同時映閃過天際。

「我還以為，你趕不來了。」墨衣男子隨手拭去嘴角的暗色血跡。

獸影消失，一道偉岸的紅色身影，漸漸清晰。

紅色戰鎧、紅色長髮，身姿卓然，無法挑剔的五官，俊美得不似人間該有。

他眼神一動，彷彿牽動萬千風華，無論男女，皆受其惑。

「是差一點趕不來。」他開口回道。

一身紅鎧，即使看不出血跡，卻聞得見濃濃血腥味，不知道是他的，或是那些攔他的人的。

他看向白袍男子，「收手吧。」

「這話，傻。」白袍男子回以微笑。

他們這樣的人一出手，豈會反悔？

紅鎧男子的出現，不算太意外，就是麻煩了點兒。

果然，他就不該寄望那些天生低下的血統，有一天真的能超脫血脈壓制，翻身作主。

真是廢物。

也罷。

如果不是這麼難對付，名字又怎麼有資格與他並列？

「那，就不必多說了。」紅鎧男子一向不是個話多的人，這種時候，更是不必多說，直接動手！

三人同時動作。

紅、白、黑三方空間，頓時擠壓相撞，空間瞬間凝滯，時間也彷彿停止，所有聲音都消失！

迸出一聲巨響，交戰的三人頓時被空間擠壓與交擊的反作用力擊飛，瞬間倒飛出千里之外，同時也帶出三道綿延千里的血痕，看得人觸目驚心。

一個人，能血延千里?!

接著，是砰砰砰三聲掉落聲響。

而三人交擊的三道力量，卻滯留在原地，久久不散。

無法相融抵消的力量，終於迸出熾烈的白光，轟向四面八方！

「隆隆隆隆……咚隆！」

白光過後，隆隆的響響，由小而大，終於匯聚成一道如開天闢地之威的震盪，聲勢看似不如之前，天地卻開始出現裂痕，以緩慢卻肉眼可見的速度，塊塊崩落。

於此同時，重傷落地的墨衣男子與紅鎧男子，同時感覺到自身本源的損毀，兩人神情都是一凜。

本源，連結著他們掌管的一域。

紅鎧男子不顧重傷，立刻分裂出一尾，飛向遠處。

一塊半隱半現的大陸，霎時止住了飄遠的去勢，反而緩緩朝著原本的位置移動。

而墨衣男子手一抬，凌空一握。

虛空中，有一道門像被什麼拉住，止住了崩壞的景況，破裂的碎塊，猶如畫面倒轉般，緩緩聚攏而回。

於此截然相反的，是他們所在的大地，不斷震顫著，越來越分裂，一部分小陸塊，開始下墜。

白袍男子卻毫不在意，一揮手，權杖忽然變大，引動天上雷電與地底深處的烈火，同時襲向兩人所在處。

黑、紅兩道光芒再度沖天而起，兩道身影同時拔高到半空中。

紅色迎的是天雷。

黑色對付的是被封印在地底的白色炎火。

在應敵的同時，還得保持原有的力量不斷，否則被他們牽引的兩域，就要和其他碎落的陸塊一樣，下沉到不知名的地方。

白袍男子引用領悟的法則，封鎖空間、封鎖靈氣，將兩人困住半空中，臉上忍不住露出一絲明顯的笑意。

即使身受重傷，墨衣男子的神情是一貫的從容恣意，即使透支力量，也讓人完全看不出來。

困住他的封鎖空間，正好被他拿來作為外層的護身氣罩，阻隔由地底引來的白色炎火。

這種火焰，正好與他的力量屬性相斥；而天雷，同樣是克制紅鎧男子的體質、削弱他力量的。

同時困住兩人，白袍男子很滿意，不枉他這麼周密的計畫。

這片天地，不需要三大域主，只需要唯他獨尊。

他手中權杖再一揮，空中開始落下銀色雷電，一束接一束，連結成片，蔓延整片大陸。

雷電落得越來越密集，越多人交戰的地方，雷電落得越密集，不過幾個眨眼的時間，凡是有電落下的地方，至少死傷三分之一的人，這樣突來的變故，驚嚇了所有正在交戰的人與魔獸。

「怎麼回事？」

「是天雷！」

「怎麼會有天雷?!」

「快閃開！」

四面八方正在交戰的各種人與魔獸為了閃避天雷，不約而同各自停下交戰，敵我雙方各自退開的同時，更注意閃躲雷電。

這種雷電，不是一般的雷電。

沒有神階修為的，一旦被這種雷電打中，連掙扎的機會都沒有，就會立刻灰飛煙滅。

神階以上的，也很危險，輕則重傷，重者一樣灰飛煙滅。

而且這雷電完全是無差別攻擊，落到哪裡打到哪裡，一時之間，風馳電掣、天昏地暗，只有不斷閃動的雷電光芒。

轟隆隆的雷聲，聲聲打在人的心魂上，讓人聽得膽顫心驚。

滿目的血光，痛苦的哀叫聲不斷，身邊的人不分敵友，一個接一個倒下。

這不是自然落下的天雷，而是有人刻意引動的，配合地氣、方位，修階高深的人，都能夠感覺到天地之間的震顫，心頭有一種大難即將臨頭、而他們卻無能為力的預感。

再繼續被破壞下去，這片天地都會有破滅的危險！

唯三沒有被雷電襲擊的地方，就是白袍男子、紅鎧男子，與墨衣男子的所在地。

遠處戰場上，有不少人注意到這一點，但是也沒有人朝這三人所在的地點靠近。

代表三方區域的光芒還在。

那是魂力引動所爆出的色彩。

「尊主。」

「是尊主。」

「小心！」推開同伴，自己同時跳開，避開一道天雷。

這天地間最尊貴的三個男人的戰場，是他們所有人都涉足不了的領域，他們唯一能做的，是從這場戰事中活下來。

「尊主他們，交情不是很好嗎？」

「他們為什麼打起來？」

「……」誰知道為什麼啊！

動靜這麼大，連他們都莫名其妙打起來，這應該不是切磋吧？

即使打得天昏地暗，知道原因的人不說，更多不知道原因的人，被迫也跟著加入戰圈。

被攻擊了，不管是什麼原因，都得打回去！

也有人發現不對勁。

「一開始攻擊的，是人域那邊的人。」

「可是有人接到祭司殿的命令，攻擊南方森林。」

「那是魔獸的聚居地！」

「不只如此，打破我們域門的，是人域的少君和青狐一族。」

「到底怎麼回事？難道不是人域那個域尊搞的鬼？」一名身形高大、身上有著魔獸特徵的男子問道。

「應該是。」

「那——」

「策反。」說話的人神情冷靜，語氣也很冷靜，即使已經斬殺無數敵人，身上卻是不染一絲塵沙與血跡的雪白。

一域尊主再受人愛戴，總有人不服。

冥域如此。

獸域同樣如此。

「背叛者，該死！」魔獸男子火氣很大。

「祭司殿的藏魂一族竟然敢背叛尊主嗎？」

「不，應該也是其中一族。」

因為，止住域門崩塌的，除了尊主，還有祭司殿的人。

背叛的，是旁支！

「現在怎麼辦？」

確定有人背叛，卻不知道背叛者究竟有多少；混戰之中，明著有敵人，暗著更有可能遭受同伴的偷襲。

這怎麼打？

「無論如何，盡量活下去。」

「那尊主他們……」

「相信他們。」

天雷不止，天地遲早要崩。

在這種有如天地大劫的變故之前，活下去，才是第一要務。

活下去，才能查明真相。

活下去，才能繼續跟隨尊主。

至於尊主會不會有事？在他這裡，這種問題沒有第二個答案。

四方戰場上的各種猜測與判斷，影響不了對峙的三人。

不知道何時，墨衣男子身側多出一隻半身高的黑色魔獸，不只抵禦住了由地底冒出的白色火焰，還一口一口地吃著火焰；他凌空握成拳的手始終沒有放下，那片碎開的門，也即將修補完畢。

在旁人眼裡，那片雷電是不停落下破壞著這片大陸，攻擊著所有人。

然而看在墨衣男子眼裡，無論是被破壞的地氣，或是被雷電劈死的人與魔獸，都化成一縷又一縷的靈氣與魂力，朝白衣男子的方向匯聚而去。

墨衣男子皺了下眉，再看看四面八方的戰場位置，瞬間懂了。

「帝煉，你太貪心了。」不得不說，為了現在這一幕，帝煉真的是煞費苦心，計畫周全。

「是你，太沒有進取心了。」

感覺到許久不曾變化的修為，有了一點點變化，白袍男子的神情頓時出現一絲愉悅。

即使相交數千年，即使自認為已經把帝宸和帝回的性情了解了七七八八，他仍然不懂，這兩個與他齊名的人，怎麼能這麼沒有「上進心」。

「你想突破、更進一步，是應該的，但卻不該不顧其他生靈，掠奪所有的力量，只為了成就你自己。」

理論上，這種魂術，吸取的是別人的修為，來增長自己的修為；或在自己受傷的時候，由別人代替承受。

而現在，帝煉卻以人域中一整片的生靈，來作為自己增進修為的基石，將自己受的傷，轉移給這片生靈。

這麼一來，普通的方法傷了帝煉，對他根本無礙。

只有用特殊的方式。

「這麼正氣凜然的說法，真不像你會說的話。你真的是帝宸吧？不是被人假扮的吧？」紅鎧男子突然出聲，一臉驚奇。

原本攻擊他的雷電，轉向無差別攻擊去了，他現在全心力，只在於把那塊半隱半現的大陸拉回來。

墨衣男子涼涼地瞥了他一眼。

現在說這話，帝回這是當自己在看戲，還是站在帝煉那邊？

紅鎧男子舉了下手，表示自己絕對沒有站在帝煉那一邊。

「雖然我贊成你的說法，但是這種話，真的不像你會說的。」所以，真不能怪他懷疑啊。

「不然，你來說。」

紅鎧男子憋了半天，「……我不會說。」

他是魔獸，不是一貫會說好聽話和場面話的人類，叫他說這種不傷害無辜生靈的話，合適嗎？

管他合不合適，墨衣男子只給他一個眼神。

既然不會說，就別嫌棄。

紅鎧男子：「……」不是嫌棄，只是相當不習慣啊。

這種話，平常像是帝煉這個看起來悲天憫人的域主說的，絕對不是一貫恣意的帝宸會說的話，聽得，他全身上下的毛都要手牽手捲成一團又一團了呀！

但道理是沒錯的。

力量，的確不是用來視比他弱的生靈為螻蟻，任意宰殺的。

他雖然是魔獸，也沒有無故殘害比他弱小的生靈的習慣，除非他們不長眼地惹到他。

他雖不像帝宸一樣，一眼就看出帝煉在搞什麼鬼，但現在這種情況，他也猜出來了。

「你還行吧？」別以為他晚到就不知道，帝宸不但中了毒，還受了傷。能傷了帝宸的毒，其他人絕對做不到，唯有——

「沒事。」

紅鎧男子才不信，沒事才怪！

但現在，的確沒時間「有事」。

「有一句話你說得很對。」紅鎧男子先對帝宸說完，才轉身看著白袍男子，「你太貪心了。」速戰速決，帝宸撐不了太久了。

「而你，太不識時務了。」感覺到剛才受的傷開始恢復，白袍男子開口：「看著你我多年交情的分上，本尊最後給你一次機會，你現在與我聯手，還可以留下一條命，維持你的地位。」

紅鎧男子直接給他兩個字：「廢話。」

「那就，別怪本尊手下不留情了。」白袍男子舉起手中權杖，就見權杖發出熾白的光芒，與空中的雷電連成一線，掃向紅鎧男子的同時，身形一閃，權杖揮向墨衣男子。

墨衣男子單手握住權杖另一端，魂力湧動，黑白兩色魂力，一時之間僵持不下。

無聲無息之間，一道人影出現在墨衣男子身後。

正在啃食火焰的黑色魔獸頓時抬起頭。

來人看了魔獸一眼，卻是攻擊向墨衣男握成拳的手。

「噬。」墨衣男子一喚。

正在啃食火焰的魔獸一聽，立刻撲向來人，而由地底冒出的火焰，頓時燒上墨衣男子。

墨衣男子腳底微動。

一股黑色氣流湧現，頓時阻擋住火焰。

「帝宸，你輸了。」瞬間的分心，讓黑色魂力頓時被白色魂力滲透一角。

同一時間，來人以寒玉製成的魂器困住黑色魔獸，同時再以魂器打向墨衣男子。

墨衣男子不得收勢避開，卻也讓一絲白色魂力侵入體內，他踉蹌一步，但握成拳的手始終沒有放開。

白袍男子權杖再一揮，卻是襲向被困住的黑色魔獸。

「噬！」

黑色魔獸頓時變幻原身，掙開魂器，撲向白袍男子，卻被權杖揮得飛開，另一人立刻起手魂訣：

「以吾之魂為引，助吾之主，增幅！」

墨衣男子臉色一變。

他能感覺得到，被他抓住的門內，有許多魂力同時泉湧而出，化為點點流光，飛向那名女子與帝煉的所在地。

能施用這種法訣的人，只有兩個，一個他不懷疑，另一個——這種程度而已，的確是她！

「妳該死！」

一道無聲無息的魂力，沒入那名女子體內。

而那股流光沒入白袍男子體內，不但身上的傷勢痊癒大半，體內的魂力更是突然增加許多。

而起訣完畢的女子，卻臉色一白，退到白袍男子後方。

「尊主，只有一刻鐘。」這是盡她最大的能力了。

「夠了。」白袍男子一笑，拋出權杖立在身前，「引雷，明火，起！」

原本在四方不斷落下的雷電，立刻集中到這一方，配合從地底竄出的白色火焰，交織成巨大雷火，以毀天滅地之勢，全數襲向墨衣男子。

黑色魔獸見狀，立刻擋在主人面前，卻被雷火瞬間灼燒全身。

「嗡！」

「噬！」墨衣男子阻止不及，就看見被燒焦的黑色魔獸，直挺挺掉落。

他身形一閃，抱住魔獸殘軀的同時，迎向雷火。

「轟隆隆隆……」

雷火過處，天燒地灼，寸寸龜裂。

無數的暗黑漩渦，頓時冒了出來，將墨衣男子困在其中。

「帝宸！」紅鎧男子一驚。

「別過來。」抹去唇角再度逸出的血跡，帝宸的聲音緊繃，就在眾多漩渦之中站起身，看向白袍男子，「千方百計、煽動背叛，就為了殺我，得到我的力量——帝煉，你以為，你真的能成功嗎？」

「除掉你，依然唯我獨尊。」白袍男子微笑。

帝宸重傷至此，無論是哪一種結果，他都穩贏，不賠。

墨衣男子笑了。

雷電，不是只有他會招。

「你的確可以達成目的。今天，就多謝款待，這是本尊的回禮。」一把收起魔獸，放開握拳的手，再一揮。

「雷來！」黑色雷電應聲而下，掃向白袍男子。

他再一伸出手，一握拳，一下拉。

「天地，裂！」

原本止住的陸地崩壞之勢，瞬間加快，包括那道崩壞的門與半隱半現的大陸，全數加速被震開。

天崩，地裂。

更多的黑色漩渦從裂縫中湧現，吞噬了許多小陸地，無數的驚叫聲，此起彼落地響起。

「啊……啊……」

其中更有無數魔獸化出原身，或飛、或奔馳，脫離陷落的陸地，逃向遠方。

一時間，天地潰散、生靈四逃。

但對峙中的三加一人，卻沒有一個人理會四周的變化，其至連腳下的土地如斗狀般裂陷，也沒有人在意。

先前沒有如願看見黑衣男子變色，白袍男子已經覺得有些不對勁，現在這一刻，他更是確定了。

但是，帝宸與帝回實力的下降不是假的。

否則他不可能近乎以一敵二的狀態下，還能略占上風。

難道，帝宸還能做什麼……

不等他想明白，墨衣男子開口：

「黑暗，侵蝕！」再一道魂力，打入白袍男子的身體裡。

「呃！」白袍男子悶哼一聲，驚覺體內的魂力不對勁，權杖立刻朝前揮去。

「帝、宸！」怒吼一聲，吐血跪地。

「啊！」站在帝煉身後的女子，胸口一痛，同樣吐血跪地。

墨衣男子滿意，放任身形下墜。

「帝宸！」紅鎧男子見狀，就要撲過來。

一聲輕笑，墨衣男子最後揮出一掌，反而將紅鎧男子送離開。

看著他難得震驚的表情，他輕笑一聲。

「呵！」

整個人瞬間被無數漩渦吞噬！

「帝宸——」

「帝、宸——」

一道驚愕、一道憤恨，兩道重疊的怒吼，頓時崩裂了僅存的土地，落入一片黑暗——

◈

不知道時間過去多久，或是其實只過了短短一瞬間，太大量的知識、加上那些影像，讓她對時間的流逝完全沒了知覺。

當玖玖終於恍然睜開眼，神智還恍惚著。

一時之間，竟不知道自己身在何處。

腦中的知識在喧囂，過往的影像在拉扯。

這種影像，不像她前世在看電影那樣只是眼耳的饗宴，更深刻的，是她本人彷彿就在現場，體會著實力差距有如天塹般的輾壓、天地威壓、天毀地掣的震撼與驚慌。

當她又眨了眨眼，神智終於恢復清明時，就見王座上的帝宸支著側頰，安然以坐地看著她。

「不錯，比我想像中快。」他很滿意。

靈魂力越強悍，接受傳承時間就越快、越短，靈魂力若是普通，甚至是弱小，接受別人的傳承，被衝擊成傻子也不是不可能。

臨時決定將那些影像傳給她，看起來，她接受的狀況挺不錯。

小玖兒的魂力，真的很不一般呢！

不愧是他看中的女兒。

「你——」玖玖看清楚他時，卻是一驚。

原本，他就沒有實體，只是顯形而已。

但那「形」，看起來是很有實體感的。

如今，這個「形」，卻已經半透明化。

形不成形。

這是力量衰弱的明顯現象。

他要消失了?!

「別擔心，消散，只是回歸本體，不是消亡。」知道她在震驚什麼，帝宸不在意地說道。

「你真的不會有事？」玖玖不太放心。

「沒事。」他還不至於拿自己的命開玩笑。

「是——嗎？」玖玖更不放心了。

別以為她只是看到一些影像，就看不出來。

她總覺得，他太輕易就中暗算了。

如果他真這麼容易被算計，大概也修練不到這種程度。

她覺得，他一直在玩。

正確一點的形容應該是：他在耍著人玩兒——也拿自己的命在玩。

是那隻魔獸出事，他才生氣了，然後反擊了兩道魂力。

她敢用她的流影打賭，這兩道反擊，絕對讓那個白袍男子……是叫帝煉吧，還有那個沒有名字的女子，在那之後苦不堪言。

那時候能玩命，現在，怎麼就不能玩了？

「當然是。」他答得傲然。

誰能有資格讓他拿命來玩？

賭命，得有賭的必須性和目的性。

現在、這裡，哪有什麼能讓他拿命去賭的？

實話一點兒說，即使他現在虛弱得快要消失，但秘境裡所有人的生死——除了小玖兒，依然都只在他一念之間，就這些弱雞，他連多看一眼都懶，連根手指頭都懶得動。

「那，你不傷心嗎？」

玖玖能感覺得到，他是真的把那個白袍男子，當成至交的。

「傷心嘛……」帝宸仔細想了一想，「大概有一點吧。」

不過，也就一點點。

「不過就是錯付了信與義，兵戎相見，只要我不死，總會討回來的，過去了，不重要。」

他的心思，不會放在悔恨和傷心上。

只會放在，讓膽敢算計他的人不好過。

「妳，這點也要學著。」

「……」學，被背叛的時候不傷心，就記仇報仇嗎？

「人心，自己的都不一定能完全控制，更何況別人？所以對那小子，妳也得保留一點，如果他膽敢讓妳有一點點難過，就要讓他加倍痛回去。」

「呃……是指背叛我嗎？」

「那小子敢?!」帝宸一瞪眼，然後揮了下手。「他沒那個膽，但是，難保不會被別的女的倒貼，然後犯下一點小錯誤。」

至於背叛、辜負什麼的，那小子敢，他就把他們兩父子一塊兒揍！

玖玖支著下頷，很認真地想了一想，覺得爸爸的話有點道理。

不怕賊偷，就怕賊惦記。

還有一點可能更貼切，叫「烈女怕纏郎」，反過來也是一樣啊。

蒼冥的冷臉，也不一定二十四小時分分秒秒都有用的。

只不過，剛認了女兒就得分開了，帝宸難得的，竟然有點兒捨不得。

他伸出手，摸摸她頭頂，語重心長。

「妳得好好修練，現在的妳，真的太弱了。」遇上那個人，分分秒秒間被碾死。

「我會的。」這麼語重心長的語氣，是真的在嘆息她很弱吧！還有點兒那種「女兒這麼弱實在讓他煩惱偏偏他已經認了女兒總不能因為煩惱就丟棄於是這種煩惱也只能自己吞了」的那種感覺。

從來不認為自己弱的玖玖，難得的也鬱悶了。

他這到底是在嘆息她很弱，還是在嘆息自己自找麻煩？

無論什麼時候，玖玖都是別人眼中優秀的存在，哪裡有過被嫌棄的時候？所以，她也鬱悶了。

帝宸一眼就看懂她的鬱悶。

「不要把眼光放在和妳同輩的人身上，敵人不會跟妳比年紀、比妳這個年紀該有的實力；利益相爭的時候，誰會講究誰大誰小？」

以大欺小、恃強凌弱、趁人之危，都是很正常就會發生的。雖然很不道德，但，這就是現實。

「我知道。」鬱悶只是隨便想想，與人對戰的經驗，她並不缺；不過他刻意提醒，這表示——「爸——爸，你這是在告訴我，你的敵人很強大，那個跟你同一個等級的強者，盯上我了。」

「恭喜妳，答對了唷！」帝宸還很認真的鼓掌了兩下。

玖玖：「……」

這回是真的鬱悶了。

她沒有質問跟抱怨或罵人，絕對是因為她「敬老」。趁還能冷靜的時候，她還是要保持禮貌的。

個人修養不能丟。

雖然做人應該要有迎難而上的勇氣，但是如果這個「難」太高、大、上，跟自己的差距大到可以一手就把她拍扁的那種，那這就不是迎難而上，而是自己送上門找死了。

「你到底——是怎麼惹到他的？」敵人是誰就不用問了，玖玖比較好奇的是，他到底做了什麼，讓對方又是下毒又是暗算又是教唆背叛的，千方百計就是要把他給弄死。

「小玖兒，這話不對。」他叫的名字，越來越順口了。「這怎麼是我惹來的，分明是為父我賢能招妒。」

玖玖：「……」

就算這話是事實，她也得慶幸自己這會兒肚子空空。

就算她良心不多，也不能真的沒良心的說，他這玩死人不償命的性格真的是賢；他是怎麼能那麼認真自信地說自己賢能？

能，她承認；但賢？

「妳不同意？」他瞇眼。

直覺危險，良心先丟一邊。

「同意。」玖玖立刻點頭，表示她沒有懷疑爸爸的話。

帝宸滿意。

「現在的妳還太弱小，我在給妳的傳承裡留下一道訊息，等妳突破神階，就能夠打開這道訊息，到時候妳就能明白了。」明白，自己的修為還差多少，然後更認真修練。

實力提升上來，早點追上爸爸，他就可以——

很有深意的笑容。

「噢。」玖玖有點懷疑，總覺得爸爸的神情有點兒怪怪的，好像藏了什麼炸彈等她踩。

炸死她——大概不會。

但是炸得她七葷八素絕對有可能。

她還在猜想他埋的炸彈是什麼，就感覺，他在摸她的頭，一抬眼，就看見他有些捨不得的眼神。

「沒想到，本尊竟還得了個女兒。」

修練數萬載，從不屑情愛與成家的帝宸也沒想到，有一天他竟然會動念認了個女兒，並且，這突然冒出來的父愛，還一發不可收拾，到現在，他居然有點兒捨不得走了。

不過，帝宸的情緒控制得也快。

「時間差不多了。」他道。

秘境裡各處的情況，一一顯示過他的腦海，無論是打鬥的、追殺或被追殺的，狼狽修練的、還沒突破修練境地的。

玖玖發現，自己也看到了。

放心的是，哥哥們和她新認識的朋友們都沒事。

有點擔心的是，他們看起來都挺狼狽的，個個身上有傷，並且傷口不止一處，血跡滿身什麼的就不用說了，慘一點的，連身上的鎧甲都破爛得衣不成衣，武器也損毀了，實在有點兒慘。

「好了，不用擔心他們。」他輕拍她的頭，左手掌一翻，一顆圓滾滾的黑蛋，就出現在他手上。

玖玖瞪著那顆——黑色的蛋。

好稀奇！

不對不對，顏色不是重點。

這個蛋，比她以前見過的都大顆，有超過她半個人那麼高、至少五個人身那麼圓，足夠把她整個人擋住，把她整個人壓平。

偏偏他只用一隻手掌拖著，看起來像完全沒重量。

「他，就交給你了。」他手一移，把蛋拖到她面前。

玖玖伸手一抱——差點被壓倒。

真是顆巨蛋！

魂力，撐住！

「他是？」

咦咦，用魂力托住，就完全感覺不到重量了；很好，她不會被壓平了。

「沒事的時候，用妳的魂力多溫養他，等他破蛋了，就會自己養自己了。」而且，還會自己跑掉，完全不用她擔心他以後的去處。

「這是……」抱著蛋，她能感覺到蛋裡有一股豐沛的生命力在湧動，同時，卻又感覺到這股生命力的生機，還沒有完全恢復。

這很矛盾！

「在他死前一刻，我強行用秘法封印他，讓他回到出生之前，保他的命。」帝宸淡淡說道。

玖玖立刻知道這顆蛋是誰了。

「這樣也行?!」

帝宸忽然對她一笑。

「實力夠，就行。」

玖玖覺得，她的實力再一次遭遇嘲笑。

「當爸爸的，怎麼可以一直笑女兒，一點都不慈愛。」這父愛也未免太塑料了。

「乖，這個世界，比爸爸兇悍多了。」他拍拍她，像安慰。

「我還小。」比起他們這些比人瑞還人瑞、活了不知道多少年的人，她的年紀，連幼苗都算不上。

一直嘲笑她良心不會痛嗎？

「嗯，妳還小。」這一點，絕對正確。接著話鋒一轉，很是慈愛，「不過，身為父親的人，是永遠不會嫌棄自己的女兒的。」雖然是新手爸，剛上任沒多久，但是帝宸很快就帶入自己的新身分了。

對於自家女兒的實力，說她弱，那也是看對象比較出來的，並不代表她就真的很弱。

「妳年紀小是事實，在修練上，沒有很認真，也是事實。」至少，比起她那兩個哥哥，她真的懈怠多了。

莫非，這也算天才的通病？

想起自己很久很久很~久……以前，好像也不怎麼熱中修練，帝宸難得有那麼一點點心虛。

沒關係，女兒不知道這種事，不慫。

「我有修練。」從「醒」來開始。

她是沒有一天二十四小時，時時刻刻心裡想著修練修練修練修練——那不是認真修練，那叫「修練狂」！

她只是，比較順其自然罷了，也不用一直嫌棄吧。

她要澄清：沒有懈怠。

「罷了，身為老父親，只能稍作提醒，不能強硬規定，不然會被女兒討厭的。」唉，做個愛女兒的好父親，真是太不容易了。

「……」現在莫非是進入多愁善感的傻爸爸模式？

「言歸正傳，爸爸時間不多了呀。」帝宸面色一轉，「這顆蛋，交給妳，等妳離開秘境後，就把他放在這裡，秘境跟著妳，妳的魂力，就會自然滋養他；等他出來，妳就不用管他了。」

明明說時間不多，可是帝宸的表情一點都不緊張，說話的語速還是不疾不徐，一點也不在意自己的身影，又變淡了一些。

玖玖看了看她雙手合抱都抱不攏的蛋，幽幽地嘆了口氣。

「嗯，有困難嗎？」

孵顆蛋而已，也不用她出什麼時間花什麼力氣，應該不麻煩呀。

「困難倒是沒有，只是覺得……」她才把哥哥送給她的蛋安置出去，結果，還是逃不開孵蛋的任務。

她這是沒能孵出一顆蛋，就跟蛋分不開了吧！

玖玖有點心塞。

第二十八章　好大一場煙花秀

「覺得什麼？」帝宸挑眉。

「不優雅。」

「不優雅？」以魂力溫養一顆蛋，頂多也就是摸摸蛋殼，跟這三個字有什麼關係嗎？

玖玖也不解釋，隨手取出一根棍子就在地上快速畫了一隻母雞抱窩孵蛋的樣子。還特地在母雞旁邊，畫一個盤腿而坐的人，那個人——輪廓像他。

帝宸眼角抽了下，秒懂。

連帶對自己這麼多年溫養蛋的事……本來覺得沒事摸摸蛋殼、將魂力輸到蛋殼裡，也算是疼愛自家的小崽子，但現在……

不對，他是養蛋，不是孵蛋！

帝宸拒絕承認這張圖跟他有任何一毛錢的關係。

「總之，蛋交給妳，好好把他孵——養出來。」不能想，他可是堂堂——一域之尊，孵蛋、母雞什麼的，那是什麼？他不認識！

現在，蛋交給女兒了，是她的事。

「……」爸爸這鍋甩得真順口。

「好了，快去吧！」他一揮手，玖玖就不受控制地整個人飄起來，瞬間消失在空中。

玖玖無語。

幸好她反應快，及時把蛋收進空間裡，否則以這麼個飛法，蛋還不得被甩飛？

眨眼間，她到了一處空曠的……石室內。

四周沒有門，不見天日，四周八方都是石牆，除了石頭堆砌而形成的痕跡，牆上乾乾淨淨，沒有字也沒有圖，只有石室前方，一道光暈淡淡飄移著，光暈裡，似乎還閃著一絲奇特的流光。

玖玖走近到那道光暈前，自然而然，以魂力試探。

光暈裡的流光像是受到什麼吸引，順著她的魂力，緩緩從空中飄向她。

玖玖頓時後退了兩步，一旋身盤腿坐下，秘境裡的一切，一瞬間出現在她的感知裡。

她「看見」了全部的人。

包括不斷出手搶別人的寒玉，那些來自東明城的人。

各自脫出困境的兩個哥哥，遇到東明城必打上一場的雪長歌、岩華、林燁……等等，她認識的人，居然誰都沒有遇到誰，各自在內城裡闖蕩。

內城中，有很多地方都長著「小花」，一叢一叢的小花圃，數量不多，卻都具有攻擊力。

「又遇到了，我的運氣可真不錯。」

遠遠的看到一叢小白花，四周無人，岩華露出笑容，在靠近小花圃十丈前，就提高戒備。

一靠近十丈範圍，其中一株小花立刻裂開花瓣，炮彈一樣攻擊岩華。

岩華一把大錘強硬掄過去——

「嗚嗚嗚嗚……」

小花圃發出嗚嗚的哭聲，接著就被大錘掄平了。

小花圃裡，頓時出現一塊寒玉，飄上空就要飛走。

岩華立刻撲過去，抓住寒玉、收入空間，完成！

小花圃立刻沒了聲音，只剩一片靜默。

收好寒玉，岩華立刻離開原地。

秘境關閉的時間快到了，不知道林燁那個傢伙和小玖在哪裡。

「奇怪，以前內城有這麼大嗎？」岩華回想自己過去的經驗，和她家老爹說過的經驗。

好像，並不大啊！

以前很容易就遇到人——這次雖然也有遇到，但是遇到的是仇人，而且才遇過兩次。

以前，是走沒多久，就會遇到人的。

還有，她找到的小花圃也太多了。

以前是幾天遇不到一叢小花圃，這回是，一天可以遇到兩三叢。

只不過有的有寒玉、有的沒有。

另外，以前進秘境後，多多少少都會遇見魔獸，這次，卻幾乎沒有。

岩華難得越想越多，越想越覺得可疑。

這秘境，好像真的有點兒反常呀！

另一處，一支冰箭飛過。

不遠處的小花圃立刻被凍成冰。

一身白衣、一身貴公子樣的雪長歌伸手一招，小花圃裡被凍住的寒玉就自動飛出來，順利到手。

收好寒玉後，雪長歌抬頭看向內城的天空。

「看來，是見不到『那位』了。」

收回目光，他轉身，整個人化成一道流光，朝另一個方向飛去。

另一個方向，林燁剛收好得到的寒玉，身後就傳來腳步聲。

兩個人。

林燁聽音判斷，緩緩轉回身。

「林少城主，交出寒玉，大家不傷和氣。」來人開口就道。

「東明城的人，囂張到本少城主面前來了。你們，配嗎？」岩華不在身邊，林燁沒心情和人抬槓，裝和善。

「林燁，你別給臉不要——啊！」

一道火拳飛過，瞬間砸飛兩人。

「哼，浪費本少城主的時間。」砸完人，林燁立刻離開，他得把握時間，看看能不能遇到他最掛念的人。

岩華，妳可得平平安安的。

同一時間，剛離開那個奇怪的地方，端木風換上新的衣服，而換下來那件破破爛爛的衣服，被他用新悟出的風刃咻咻削成灰，隨風飛走，完全不留痕跡。

端木風不知道自己被困在那個地方多久，但他一出來就直覺，秘境快關閉了，不知道小玖在哪兒？

端木風選了個方向，整個人化身為一道風。

在路經一片花圃時，只見一陣風掃過，小花零落成泥，端木風在風中顯出身影，一片寒玉同時被他收入手中。

身後傳來一陣腳步聲，以及一聲冷哼：

「端木風！」

端木風一回身，就看見東明玉凌，以及來自東明城，以護衛身分跟在她身邊的兩個人。

端木風看著三人。

「有事？」

「交出寒玉。」東明玉凌理所當然地道。

「只要寒玉？」

「還要你的命！」

端木風以一種很奇特的眼神看著她。

「聽說，東明城主、妳的父親，很寵愛妳，妳凡有所求，他必然答應。」

「是又怎麼樣？」東明玉凌傲然。

「那妳的父親，是把妳寵成像現在這樣，連一點判斷力都沒有的笨蛋嗎？」

「你敢罵我?!」

他都罵完了，有什麼敢不敢？

「是什麼讓妳以為——妳能搶劫我？」

同一時間，內城另一處。

星流手持黑刀，砍斷圍困住他的花藤，再一刀將白色的花朵斬斷枝莖後，花朵發出一聲痛叫。

「哇……」

被斷莖花朵的花瓣瞬間散開，順著飄飛的力道，撲向星流。

星流再揮一刀。

黑色的火焰順著刀勢而出，將撲來的花瓣全數燒滅。

「哇啊！」

一聲慘叫後，原本圍住他的花藤同時變得焦黑，全數落地，花莖扎根的土裡，頓時飛出一塊寒玉。

星流身形一閃，將寒玉握入手中。

他手上的黑刀頓時動了動，發出低低的聲音。

「現在還不行，離開這裡之後，再給你吃。」

黑刀頓時就不動了。

星流安撫好黑刀，轉身便要離開時，就被擋住去路。

人，不認識，但似乎，也是同進秘境的人。

「有事？」

來人微笑。

「留下寒玉，你可以走。」

攔路搶劫的，打！

距離星流不遠的岔路。

右邊的路口，只見兩個人匆匆而來，其中一人趕路的同時，還分心看著手上發光的物品。

「就在前面了。」

「快！」

就在這時，左邊的路口出現一個人。

步伐匆匆的兩人頓時停下。

「端木傲?!」

端木傲先看著那個發光的——東西，然後，才看向他們。

「東明城的人。」

兩人戒備，感覺不太妙。

「東明城的人？」他再問一次，語音略沉。

「不……不是。」直覺有點危險，好像，老實說比較好。

他們就是、就是接了個任務，賺點修練資源而已。

「把通訊石交給我，你們可以走。」

兩人一聽，頓時握緊了手上發光的東西。

端木傲手一揮，只聽見「咻」一聲，沒握東西的那人只覺肩上一痛，頓時後退好幾步，傷口的血，瞬間染紅他整片肩膀。

「啊！」

另一人頓時心一驚。

無聲無息，同伴就重傷了，這……

「交出來，或是，把命留下。」

「給、給他。」受傷的那人說道。

另一人只再猶豫一下，就把手上的東西，拋向端木傲。

「走！」扶起同伴，立刻飛也似地遁走。

端木傲接住東西，並沒有打算追人，心裡難免有些擔心和猜測。

這已經是他拿到的第三個通訊石，出自東明城。

秘境中，入境的位置不受控制，入境後，也無法相互聯絡。

東明城，卻竟然煉製出了這樣的東西，除了交給東明城自身的人，還交給了被他們買通的傭兵或魂師。

這一次，他們不但私下聯合，還到處搶劫寒玉，殺害同樣進入秘境的人。

東明城，究竟想做什麼？

東明城，究竟想做什麼？

這個問題，同樣讓玖玖疑惑，但沒等她猜想，原本緩緩湧向她的流光，忽然間加速。

玖玖頭一暈，身體不自覺飄浮到空中。

無數光點堆砌成的流光、流光中隱含的無數符號，不斷環繞著她的身體，匯聚進她的意識。

她什麼都來不及辨識，只是被動地接受意識裡被塞進一堆又一堆的東西，直到流光漸漸變得稀薄，一圈又一圈疾速湧動的流光圍繞的速度慢了下來，漸漸褪化成了點點發亮的光點，依然圍繞著端木玖。

恍惚中，她恢復了一絲意識，再次看到了帝宸。

「爸爸……」語音有些虛弱，有些驚慌。

他的形影，淡得幾乎要看不見了。

她知道，他要消失了！

「玖玖。」他摸摸她的頭，淡淡的觸感，幾乎要感覺不到。

「爸爸，你……我們，還會再見的，對嗎？」

「當然！」帝宸一笑，恣意又昂揚，這副神態，跟「虛弱」兩個字完全沒有任何關聯。

他還沒死呢！自然會再見。

就算是死了……哼。

「好好修練。有人敢欺負妳，不用客氣，直接打回去！萬一打不贏，那就先跑，順便把他記牢了，等爸爸出來，幫妳報仇！」他乾脆俐落地說。

「爸爸……」這有靠山的感覺……

「還有，別忘了好好孵蛋，去吧！」

他說完，她眼前一花、意識暈眩，整個人就不受控制地朝遠處飛去。

「……」感動瞬間沒了。

最後這句，才是爸爸的重點吧！

◇

同一時間，寒玉秘境外。

秘境關閉時間將至，守在秘境出口的東雪城長老們，以及其他許多等待入境人士歸來的人，越來越多。

就在秘境底下，臨時搭設的交易攤也林立了起來，準備在第一時間，和出境的人換取在秘境中得到的東西。

就在周圍街道站立的人越來越多，更多的人朝這裡湧動而來時，原本半藏在雲間，看似平穩的秘境緩緩震動了起來，連帶著帶動雲層也湧動起來，越來越急遽，一波接一波。

看起來，像是整片天空都在震動。

他們看著，覺得自己也在震動。

像地震！

呃，不對不對，天空呢，怎麼是「地」震?!

「怎麼回事？」

「秘境要關閉，都會這樣嗎？」

大多數人只看了天空一眼，就連忙別開。

明明在動的是天空，地面一點震動都沒有，但是看著天空，他們就覺得自己也在震動，快要站不穩。

「當然沒有，以前從沒有這種情況！」要是以前都這樣，還不嚇死人，誰還敢在這麼近的地方擺攤等人？

「長老……」東雪城指派，負責守衛在秘境周圍的護衛軍不由得擔心，連忙過來請示。

「所有人撤離這一區，護衛軍守第一圍，秘境穩定前，不許任何人進出。」

「是。」所有護衛軍立刻執行命令。

站在秘境出口的四名長老分別站在四象方位，一步也沒有退，只是各自戒備地看著秘境。

秘境的震動，並沒有變得更劇烈，只是在震了一會兒後，秘境出口並沒有開啟，反而自秘境中央，爆出一道沖天光芒。

「這……」聽護衛軍指揮撤退的人們並沒有離開，只是守在護衛軍劃出的範圍外繼續等著，看見這景象，心頭都有種不太妙的感覺。

「秘境，該不會要爆炸吧？」看起來，有點可怕啊。

「呸呸呸，胡說什麼！」旁邊的人趕緊捂住他的嘴。

說話的人這才發現，他竟然把心裡的猜測說出來了，引來周遭人齊齊行側目禮。

他表情頓時一縮。

請……請當作他剛才沒說話，謝謝。

不小心把心裡話說出來的人，心虛得巴不得當場立刻消失！完全沒注意到大家只是齊齊看了他一眼，就又別開眼，去看秘境。

看似好像沒什麼，其實大家心裡，都開始有點兒擔心。

爆、爆炸。

眾人吞了吞口水，有點心驚膽顫的，秘境這前所未有的情況、搖得一副不受控制的模樣，好像，真的有可能啊……

他們要不要先跑？

「有東雪城的長老們在，出不了什麼大事的。」捂住同伴嘴的那個人，趕緊也補一句，安大家的心。

這句話也不是安慰大家而已，而是事實。

東雪城矗立於東州北端，從來沒有人敢在這裡鬧事，就連在外行事最囂張的東明城人，在這裡也不敢放肆。

東雪城主神龍見首不見尾，但是他一身莫測高深的修為、能以一己之力鎮壓海亂的本事，卻沒有人敢不放在心上。

在東雪城周圍無論發生什麼事，都瞞不過東雪城主；在東雪城周圍，無論發生什麼狀況，都亂不了。

秘境雖然神秘，但當初也是東雪城主找出來的，他一定有辦法在秘境不受控制的時候，保護大家的安全的。

他對東雪城主有信心。

不管大家信不信這一點，反正他信了，他同伴只是隨口說說，請大家不用在意，直接忽略，對東雪城有信心就行了。

只是，眾人的注意力都在秘境那邊，也沒人關心他說了什麼。

沒注意他們很好，很好。

兩人頓時鬆了口氣，同時也不敢再隨意發出聲音，免得又引起大家關注，只用眼睛和大家一樣，都注視著空中，以免錯過秘境的任何變化。

沖天的光芒持續好幾息的時間後，秘境在雲層裡忽隱忽現，接著光芒就開始四散，猶如白色炫光般，以秘境為中心，朝四面八方輻射。

白光熾眼，所有人不由得齊齊閉上眼。

離秘境最近的東雪城長老們，也被這股白光所發出的危險感，逼得不得不飛身退離。

忽然，秘境出口消失。

長老們一驚，原本鎮定的臉上，現在是疑惑和擔憂。

「怎麼回事？」

「莫非是秘境裡……出了什麼事？」

「所有人都還在秘境裡。」長老們臉色都是一變。

萬一都出不來，可是大事了！

「要強行開啟嗎？」站在正南位的長老問道。

他有記下消失的出口的方位，合他們四人之力，想重新打開，雖說大概是困難了點兒，但也是有可能做到的。

「不可。」正西位的長老搖頭。「出口既然消失，很有可能已經不在原來的位置了。」

寒玉秘境雖然只會在東雪城出現，但實際上並不屬於東雪城，只是城主因緣際會掌握了秘境出現的規律以及出入秘境的方法，才因此能握住主控權，定下出入秘境的規則與條件。

但若是秘境出現什麼其他狀況……

「那現在怎麼辦？難道什麼都不做？」

「是什麼都做不了。」正北位的長老冷靜地說道。

連什麼狀況都不清楚，他們又能做什麼？

「……」覺得有點憋屈。

他們好歹都是修練多年、做到長老、德高望重的人，結果一旦遇了事，卻全都束手無策。

……這有點丟人。

「做我們能做的，別分心。」正東位的長老說：「其他的事，自有城主定奪。」

「知道了。」四方之位，若無特別指定，以東為首。

正東位長老既然開口，其他三名長老立刻收斂心神，留意秘境變化的同時，也戒備著，隨時準備出手護住在場的其他人。

秘境的沖天光芒持續好幾息的時間，在光芒最盛、令在場所有人都不得不閉眼或側身以免被光芒刺傷後，光芒忽然就弱了幾分，才讓人得以再睜開眼，繼續觀看秘境的變化，但依然不能直視光芒太久。

就在光芒中，秘境開始一點一點的消失。

「秘境，是不是變小了？」

應該不是他眼花吧？

「是被雲擋住了吧！」

秘境還在震動，整片天空的雲層不斷在動來動去，空中又是雪花一朵一朵不斷飄落，遮住秘境，秘境看起來像在變小，應該——是很正常的吧……

「不對，秘境是真的在變小。」

「雲層也在變多。」

秘境是不是在變小還很難定論，但是雲層的確在變多，只是因為那些雲一直在湧動，讓大多數的人都看不出具體變化。

可是，空氣變得比剛才更冷了。

雪下得也比秘境異動之前更大。

雖然不到大雪紛飛的程度，但是不斷飄落、又隨風飄動的雪花，再加上空中的震動、不斷四溢的光芒，很容易影響人的視線判斷。

原本守在空中的四名長老，似乎退得離秘境更遠了一點；東雪城的大長老，不知道什麼時候，也出現在空中一側。

他只一抬手，東雪城護衛隊立刻動起來，防護範圍雖然沒有擴大，但是人數卻增加了兩隊。

突然，有人指著空中驚喊：

「秘境不見了！」

眾人一看，心中都是一驚。

只見秘境完全被雲層掩蓋，震動的幅度變小，就連原本放射四溢的光芒，也隨著秘境隱沒雲層而變得稀疏，不再懾人目光。

秘境的變化，除了光線、雲層湧動，並沒有什麼驚天動地的聲勢。

若是不抬頭看，根本感覺不到空中有什麼變化。

但就是這樣的安靜，讓人感到越來越不安。

「咻……咻……」

現場除了風吹過，就再沒有其他聲響，原來還有討論交談的人聲，此刻也安安靜靜，氣氛有點緊迫。

大長老一閃身，來到四位長老面前。

「大長老，這？」

大長老沒有開口，只一揮手，一道攻擊，砸向雲層。

「轟！」

雲層散開了一部分，四溢的光束頓時眩花了所有人的視線，同時露出一部分秘境的外貌。

秘境沒有消失，只是被雲層掩住而已。

看到秘境的眾人頓時安心了一下，但下一瞬，雲層湧動得更快了，被砸開的部分迅速密合，再度掩住秘境。

大長老眼神一凝。

「秘境可能要消失了。」

四位長老臉色一變。

「可是，人都還沒出來！」

那麼多人在秘境裡，如果一個也沒出來就這麼消失了……城主再強悍，也扛不住整個天魂大陸的問責吧！

「秘境要消失？」有人耳尖聽到了。

「大長老從哪裡看出來的？」

「他是大長老呀。」

「呃？」然後？

「他是大長老，所以看得出來，我們看不出來。」要是他們也能看得出來，那他們也可以變成大長老了。

「……」好有道理，他們沒法反駁。

但是，現在到底會怎麼樣啊？

長老們和護衛隊那麼嚴加戒備，會有危險嗎？

「要不，我們再退遠一點？」

「但是……」

「反正我們進不了秘境，想要寒玉也可以之後再想辦法換，但要是真有危險，我們這點修為……」就是個炮灰的命啊。

雖然不入虎穴得不了虎子，不冒點兒險也發不了財，但是命還是要擺在第一位的，沒命了就算得到再多的寶也沒用啊。

於是悄悄的，有部分人自動更往後退了點，退出了這一區，只是依然留在城內，好奇又忐忑地等著接下來的變化。

悄悄的，原本被雲層掩住的光芒，再度從雲層裡冒了出來，但是秘境卻依然被雲層掩得扎扎實實。

整片北方天空，都已經是灰色的厚厚雲層，幾束光芒在雲層裡忽隱忽現，很快地，就擴大了範圍，徹底從雲層裡透了出來，放射出比之前更燦亮、更眩目的光束，錚亮得將原本灰灰的雲層，都照耀成瑩白半透的霧堆。

原本隱藏在雲層裡的秘境，漸漸又露出了痕跡。

就在大家暗自驚疑，猜測秘境到底出了什麼狀況的時候，雲層裡再度爆出一束沖天光芒。

接著，只聽見「咿呀」一聲，像是什麼開啟了的聲響，一道亮光，像是被射出的煙火一般，咻地飛向天邊。

呃……這是什麼情況？

秘境，還會放煙火？

……等等，這是什麼離譜的想法。

秘境又不是活的，哪還能放什麼煙火?!

而且，只是一束像火球的光而已，算什麼煙——

才想到這裡，雲層裡突然又被射出兩道亮光。

——火？

眾人看得有些呆滯。

現在是什麼情況？

才疑惑著，咻咻咻，又是三、四道亮光。

大長老突然身形一閃，衝到其中一道亮光前，又瞬間挪移回來，手上便多了一個——人?!

咻咻咻咻！

秘境裡持續射出亮光。

這次，伴隨著幾聲：

「啊——」

「救命——」

「搞什麼——」

「啊啊啊——」

「快救人！」大長老立刻道。

把手上的人放落到地面後，也顧不得那人還暈暈乎乎的，交給護衛隊後，大長老就立刻又閃去攔截亮光。

大長老話聲一落，四名長老同時出動，而護衛隊的隊長們，也跟著紛紛躍上空中救人。

「承受不住熱度、沒有防禦烈火魂器的人，退下！」大長老在又救下一人後，立刻放聲說道，然後再度撲身而起。

這話一出，原本也想救人的護衛隊們，至少有一半停下飛身的動作，只能控制著空出一片區域，安置被救下的人。

被救下的，身上多多少少都有受傷。

於是沒有去救人的護衛們，分出一部分人幫忙療傷。

「秘境裡，是發生了什麼事？」

「我也不知道。」他還在想辦法拿寒玉、跟對手打得如火如荼，結果就不知道哪裡來的一團火，把他給燒飛了。

真的是燒、飛、了。

燒到他，然後他就被撞飛上空中，一飛就飛出秘境。

雖然他暈乎乎的就被救了，人現在也沒事，但這種莫名其妙的情況，他也是一肚子委屈跟想罵人的吐槽沒處說。

見他沒事、很有精神，護衛轉問另一個人：

「那你這是？」

這人身上不只有燒傷，更多的是被魂器所傷，剛才還在吐血。

「有人想搶我的寒玉。」回答的人咬牙切齒。

呃……

秘境裡殺人奪寶，也不是什麼稀奇事，只要不過分，基本上默認大家各憑本事，所以這氣憤，護衛們表示，這沒法幫著一起罵。

受傷的人想了想，抬頭四處看了看，突然有點高興。

「果然，但不能做壞事。」

「……怎麼了嗎？」護衛好奇地問。

雖然那話沒什麼不對，但這麼偉光正的話，無縫銜接地出現在這位剛才還一副想罵遍別人祖宗十八代的人身上……有點兒詭異。

「你看，想搶劫我的那個人沒被救下來，這就是做壞事的報應！」世上果然是有天理的，哈哈哈。

護衛：「……」

對他來說，不用花心思報復，仇人就自己滅了，普天同慶！

但對他們東雪城來說，可不算什麼好消息。

雖說入了秘境生死自負，但秘境在他們東雪城，秘境出了問題，他們東雪城多少有些道義上的責任。

他們盡力救人。

至於救不了的，就只能說聲抱歉了；但這對東雪城來說，總不是好事。

能救的人，還是要盡量救的。

至於大家誰搶誰的恩怨，等出了東雪城他們再自己解決就是。

不過，該問的還是要問一下。

「你認識那個想搶你寒玉的人嗎？」

「不認識。」那人乾脆地回道，其實他也有點疑惑，「那個人修為不低，長得也很陌生，我沒聽說過有這樣的人。」

他們長期在東州活動，做任務、謀生、謀取修練資源，大部分天階修練者，他們沒見過也聽說過，但是打劫他的這一位，當真沒有。

「這樣啊，你先療傷，休息一下，其他的事之後再說。」大概問完，護衛遞給他一些吃食後，就去看下一個人。

不問不知道，一問之下，秘境裡居然有不少人是在打劫或被打劫中，半途被「燒飛」出來的。

其實這樣飛出來，他們也實在是不知道該慶幸，還是該覺得自己倒楣。

差點被搶走東西的很慶幸，這麼個天外一飛，東西保住了，很好；但是，他們被火燒傷了呀！

這是無辜遭殃吧，心、塞、塞。

雖然這傷好像不致命，可是，很痛啊！

對於修練者來說，受傷可以魂力自我療傷，本來也不是什麼大事，但這燒傷，好像不能自己療癒。

萬一傷很難好……

發現傷無法順利療癒的魂師們，頓時覺得烏雲罩頂。

而空中，這種現象還沒停止。

就在東雪城的長老和護衛們忙著救人時，從秘境裡噴出來的「光球」，越來越多，越來越密集。

長老們接球都來不及，而那些被隔在危險範圍外的人，除了少部分有能力的，主動出手幫著一起救人，大部分的人一個個就在原地看著。

也不是沒有人想趁機搗亂的，但他們才一動，就感覺身上被一股威壓籠罩住，有種動輒得咎的心驚膽顫感。

這是……

他們想強硬反抗，籠罩而來的威壓就更重，罩得他們冷汗涔涔。

在東雪城，能明察秋毫，有這種實力的，唯有……東雪城主?!

想起來可能是誰，所有想亂動的人，頓時都不敢動了。

雲層湧動，秘境外射的光束不止，一顆顆光球隨著放射出去的光束往外噴發，有時候一次一個，有時候一次好幾個，還有噗噗噗的，像連續發球那樣，甩出一顆顆火球。

這噴法，看得讓人很想笑啊！

但是想到這一顆火球都是一個個魂師……直覺，別笑，比較好。

有的光球飛到一半被接住，更多的是一顆顆往更遠的地方飛去。

而且飛的方向，四面八方都有。

不只往上飛、也有往下砸的，讓忙著救人的人不只往下飛、也得往下竄，左右奔忙的，簡直繞到頭暈。

如果忽略每顆光球都是一個人，遠遠看起來，是一束束火光從空中向外噴發，就像是奔向自由的煙火，上下左右到處開花。

其密集和耀眼的程度，明亮多變，竟然有一種特別的美感，宛如一場燈光煙火秀，看得大家幾乎要目瞪口呆。

漂亮是漂亮，特別是特別，但——

不知道是誰突然讚嘆了一句：

「大白天的、下雪天的，放這麼久的煙花，裹著火光形成的花球，璀璨成這樣，也太美、太奢侈了吧！」

第二十九章 禮物：冰火兩重天

東雪城主府。

兩道身影，朝著秘境的方向，佇然並立。

其中一人，長身頎立，白色髮絲輕揚，衣領綴著白絨、一身銀白衣袍，五官卻有些模糊的男人，望著這景象，唇角不覺勾了勾。

與他並立的那個男人，身形魁壯，氣息卻不外露，但一身強悍的氣質，卻令見者無法忽視。

感覺到他的笑意，男人眼角不自覺抽了抽。

「你的地方，亂成這樣，你居然還笑得出來？」

同樣身為城主，這裡雖然不是他的地方，但看到這種情況，他也覺得有點糟心，怎麼還笑得出來?!

「亂不了。」白髮男子，也是東雪城主，淡然回道。

「亂不了？」男人懷疑。

好吧，從長老們忙著救人、現在有護衛隊鎮壓控制的現況來看，的確沒亂。

但現在沒亂，可不代表一會兒後不會亂。

白髮男子側頭看了他一眼。

「沒有人，能在東雪城作亂。」他輕淡的語氣，說話間，一股威壓驟然撲往秘境方向。

無聲無形的壓力，準確無誤地罩在該罩的人頭上。

男人看得咋舌。

「你的修為，該不會又上升了吧？」有點嫉妒。

「沒有上升。」

「沒有？」男人懷疑。

這一次來，他分明感覺這傢伙身上莫測高深的氣質，更濃了。

「我的傷，還沒全好。」他伸手，望了一眼攤開的手掌，有些嘆息。

說到這個，男人也不好開玩笑。

相交逾千年，對於東雪城主身上的傷，男人雖然不知道到底有多重，但卻是知道這件事，也知道因為這傷，東雪城主才一直待在極冷的東雪城，從不輕易離開。否則單以實力，整個東州，哪有東明城自大自尊自妄的分兒？

「你怎麼又來了？」東雪城主問道。

男人一聽，頓時不開心了。

「什麼叫『又』，我來，你不歡迎？」敢承認，就開揍！

「怎麼會？只是，現在的你，不應該很忙嗎？」

他雖然不出東雪城，但不代表不知道外面的狀況，東海城，現在可不平靜，身為城主居然不坐鎮，反而跑到他這裡，不合常理呀。

說到這個，魁壯男子，也是東海城主，也沒心思說笑了。

「我來，本來是想多得些寒玉的。」

東雪城主一聽就明白。

「海邊那一個，親自出手了？」

「還沒有，不過這一次，他派出了不少針對魂師的手下，短短幾天，就讓不少傭兵團的魂師，都受了傷。」

魂力，是魂師修練的實力與根本。

而能修復魂力的，目前只有寒玉。

與他們之前得到的消息相同，寒玉的確是這次對戰的重要物品，東海城的庫存，消耗的速度比原先預計中要快，他不得不來一趟。

誰知道一來，寒玉秘境卻——

看著目前的亂象，東海城主輕鬆不起來。

「還撐得住嗎？」東雪城主問道。

「現在還可以。」

「那就先撐著吧！」

「……」東海城主感覺，他的拳頭有點硬了。

東雪城主沒錯過身邊傳來一種想揍他的感覺，悠悠補上一句：

「等秘境的事結束，必要時，我會去一趟。」

東海城主一聽這話，拳頭才放軟。

這句話聽起來還像人話。

總算這傢伙還有點兒人性，沒再說什麼不是人說的話氣他，不然他真不保證，不會當場揍人。

至於揍不揍得到……再說。

心頭大慮暫時放下，東海城主也有空繼續關心秘境的情況。

眼看著這場煙花越放越多、規模越來越大，本來還只是向上飛、向下掉，現在前後左右四面八方都沒放過，三百六十度一網打盡。

東海城主的眼角再度抽了抽。

「這個，你打算怎麼辦？」指了指秘境，那些八方放射、比開花還燦亮的火球。他有一種詭異的感覺。

丟火球，像在玩兒。

……去去去，他在亂想什麼。

怎麼可能做到這樣丟人——呃，是做到把人這樣丟出來，還附帶火球一顆的，一定是他的錯覺。

「既闖秘境，各安天命。」東雪城主淡淡說道。

東雪城是控制秩序的，現在救人，只是基於修練者互相幫助的原則，盡力而為。但這不是責任。

進入秘境後，得到什麼、失去什麼、能不能安然出來，都是自己的事。

想得寶還指望有人為你保駕護航，不如待在家裡，等著人送東西上門就好，不必來這裡。

「你就不擔心真出了什麼事，有些人找你麻煩？」

修練途中安危自負，大家都懂。

但這世上也不是沒有那種不講道理，只護親、只有他們殺別人不許別人傷害他們，以及想趁機求要好處的人。

東雪城主笑了笑。

「東雪城，從來不怕麻煩。」

「……」有實力，任性，這很可以。

東海城主撫了撫額，他自家城的事都操心不完，真的不用替這個完全不怕事的傢伙多操心。

「寒玉的事，還是請你多幫忙。」說笑歸說笑，正經事還是得正經說。

「東明城那邊……」

東海城戰事提早開始，東明城的煉器大賽卻依然要舉行，不改期、不挪地，所接受的魂器訂單，也沒預計要提早交付。

東海城主初聽到這件事，真的有被氣到，如果不是距離太遠、交涉費時、東海城又離不得人，他真的會殺上東明城。

這種攸關東州安危的事，東明縉瀾竟然也絲毫不肯變通，虧他們還有一段時期同行歷練，互相交付信任，號稱交情不錯。

偏偏人家是「如期」交付，一切「依契約」行事，你能罵他沒情義，卻不能指責他有錯，東海城主氣得簡直要內傷。

相比起來，中州的煉器師公會就很有情有義了。

明明之前他們幾大家族還在亂，整個公會也被人搞得元氣大傷、寶庫被盜，亂得不得了。

但是一收到他的請求，公會還是趕煉一批魂器出來提前送到東海城。

簡直是人間有愛，陌生人也有溫情的最佳證明。

那個……很好說話的副會長叫什麼來著？仲……仲……什麼一的。

他家師父就很有名了，傳聞中神龍見首不見尾、整個煉器師公會都求留不住、公認全天魂大陸最厲害的煉器師啊！

樓．第一煉器師．烈。

「這個……」東雪城主開了口，又不說了。

「什麼事？」東海城主警覺。

有種不好的預感。

「東明城那批魂器……」

「怎麼樣？」能不能一口氣一句話說完，不要欲言又止地吊他胃口！

「你要做好，可能拿不到的心理準備。」東雪城主哀悼的語氣。

「……?!」

「心臟要撐好，加油。」

「……」這「節哀順變」的語氣，真的是在安慰他嗎？

東雪城主很「神光普照」地對他一笑。

東海城主再次撫了撫額。

不能生氣，要忍耐，好好問清楚。

「雪千秋，到底、出了、什麼事？」快、點、說。

「這個嘛，你現在趕回東海城，應該就會知道了。」他覺得，這種壞消息，不要由他說出來比較好。

萬一某人火氣一大劈壞了他這裡的東西出氣怎麼辦？

反正早說晚說，都已經改變不了結果，那還是讓他自己發現真相吧。

「這個，送你。」相識一場，也算好朋友，他就大方一點吧！

東海城主接過來一看。

是以寒玉、輔以其他材料，以特殊手法煉製而成的凝魂珠，有定神聚靈之效，是東雪城獨有的特產，數量極少。

這種煉製手法，整個天魂大陸只有雪千秋會，也不知道他從哪裡學來的，這也是為什麼數量少的原因。

因為東雪大城主說：「我不是煉器師，不缺錢。」

不以煉器為生、不以煉器求名求利，自然不需要兢兢業業地煉器來取得自己想要的東西。

偶爾拿幾顆出去賣，是看在總是有人苦苦要求的分上，給大家一點希望。至於能不能得到，就各憑本事。

「怎麼突然對我這麼大方？」

事出反常必有因，突然收到禮物必有鬼。

東海城主不太安心。

「本城主日行一善。」

東海城主差點當場翻白眼。

信他這句話，東海城主覺得自己的城主之位也可以拱手讓人了。

「那你要不要呢？」

「要！」立刻收起來。

懷疑歸懷疑，但這東西不拿白不拿，反正，雪千秋總不會害他，知道這一點就夠了。

「東明城那邊……」

「你想去主持公道？」東雪城主有趣地問。

「主持什麼公道？」東海城主忍不住白他一眼。

東明城，那是能隨便讓人找公道的地方嗎？

除非是實力碾壓。

偏偏，他的實力的確不算低，可跟東明城主頂多能打成平手，想碾壓對方，根本不可能！

「那就靜觀其變吧！」東雪城主一副隨意的模樣，讓東海城主很不能放心哪！

東州各地有煉器師，總人數雖然沒有中州來得多，但也不算少，尤其在五大城中，一城平均上百個絕對是有的。

偏偏，東州有八成以上的煉器師，都被東明城所掌握，也願意配合、聽從東明城主的調遣。

就因為如此，當其他城需要大量魂器時，才不得不求助東明城，平時，也不得不給東明城幾分面子，讓著他們。

「你怎麼一點都不擔心哪？」

他操心得要死要活，雪千秋一臉悠哉，這合理嗎?!

「大概是因為，我從不把東明城，當成唯一的煉器師。」

從中州訂製魂器，無論是價格、時間，都遠比找東明城多上許多，但是財大氣粗、從不缺財的東雪城主表示：不差錢。

比起多花錢，他更不願意被人拿捏住自己的弱點。

所以東州五大城中，唯有東雪城與東明城的生意往來最少，東明城想藉機拿捏、取得東雪城特有的煉材——不可能。

想要什麼，就得親自來，條件與其他人相同，沒有特權。

正因為如此，所以囂張如東明玉淩，來到東雪城，在城規的要求下，也只能守東雪城的規矩，休想招搖過市。

提到這一點，東海城主真是一句話都不想再說了。

東明城靠煉器聞名，光這一點，東明城很富裕，正常。

但為什麼一個偏居極冷北方的城，各種資源條件沒有比其他地方好，卻偏偏比其他地方都來得富裕？

東海城主覺得，他不平衡。

他和東岩城主、東林城主一樣，仇、富。

最後，東海城主瞪他一眼，在轉身消失前，特地又追加一句：

「記住了，你說的，真的有事，你得來。」

說完，完全不給東雪城主多說一句話的機會，人就不見蹤影。

雪千秋輕笑一聲。

他沒趕人，其實，不用走得那麼快的。

而且，他看起來，像是那麼不把大事放心上的人嗎？

放在以前，天魂大陸的安危，大概跟他無關。

不過現在，他是東雪城主，有他在的地方，豈容那些海域魔獸和其他任何想搞事的人叫囂，髒了屬於……「他」的領地？

轉頭，再看向秘境那依然奔放的煙花。

這風格，絕對是「那一位」的呀。

終於，有實證了。

「他」，一直都還在。

雪千秋也終於能放下心，還有閒心打趣別人，讓人憋悶。

弄了這麼一齣大戲，搞得人心惶惶，果真是他的風格。

真的，太好了。

◈

在秘境下方，看著越來越多的火球，真的像一場即使在大白天噴發，也一樣炫人耳目、璀璨豔麗的煙火大會。

聽見那句讚嘆的眾人：「……」

這是奢侈不奢侈的問題嗎？

那是人，不是煙花！不是花球！

雖然看起來的確很美，他也形容得很好，但是這種時候，說這種話是不是太沒神經了？沒看到那些被救下來的人一個個用眼神想殺死你嗎？

誰想被當成一顆球啊！

而且還是顆被火燃燒的球，然後被扔出來。

運氣好的及時被救下來，運氣不好的不知道飛到哪裡去，運氣更不好的可能不是被扔飛、而是被往下砸。

如果本事不夠沒能自己阻止自己下墜，也沒被救的，這麼一下去，被砸成肉餅都有可能。

想到這裡，那些療傷的人，臉更黑了。

雖然修練的路上，難免遇上死劫早早掛掉。

但是他們絕對沒有設想過這種結局：被火燒成球砸到地上摔成肉餅。

這種死法，加上寒玉秘境的異變，絕對可以列入東州奇異事件之一，「流芳」萬年。

他們就是再想出名，也絕對不想要這種出名法。

就在秘境噴出無數「火球」後，光束突然消失，像全數收攏回雲層中的秘境裡，雲層再度湧動起來。

這次不再是無聲無息，反而出現一絲一絲的閃電，在雲層裡，猶如一條條靈蛇般遊動，隱隱發出「嗤」、「嗤」的聲響。

空中的飛雪，落得更加明顯，沁沁的冷意，直凍人心脾。

雲層中遊動的閃電，突然脫出雲層，蜿蜒著朝下射去。

底下被閃電直對的人，發出一聲驚喊：

「啊?!」

大長老見狀，揮手間，一道勁力打散那道雷電，雷電的熱力散在空中，瞬間將落下的雪，變成雨，刷地落到下方，潑得人一臉一身的水。

那些人呆滯了一下，同時爆出一聲：

「哈啾！」

這是冰水，冰水啊！

冷死人了！

被水淋到的人，包括剛才出秘境、身上還有被火灼的傷，這一澆下來，頓時冰火兩重天，這滋味……

痛死人了！

同樣的情況，還不只一處，原本在雲層中遊動的閃電不斷落下，有的像剛才一樣被劈散，結果就是一簇冰水潑下去，有的來不及被劈散，就是閃電直竄落地，電得人肉焦皮黑、口吐黑煙。

奇怪的是，人沒死。

就是整個人成了一塊炭的造型……教人實在不忍心再說什麼了。

忽然，一道力量，由城主府而來，平鋪到秘境下方的整片城區，擋住了不斷下竄的閃電。

忙於救人、又忙於劈散閃電的大長老，第一個感覺到這股力量，立刻望向城主府的方向。

「城主。」

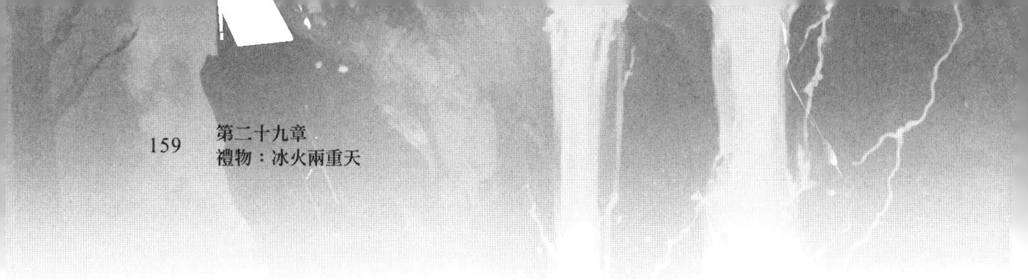

冰凍的氣息，由剛才那道力量所凝成的屏障往上，凍住雪花、也凍住了那些不受控的閃電，再往上，延伸至雲層。

最驚人的是，連從秘境裡被丟出來的火球，也被凍住了。

在場所有人看得目瞪口呆。

「這、這就是東雪城主的實力嗎？」

「好、好厲害……」

「這麼厲害，早該出手救人了呀，等到現在才出手，未免不把別人的命當命……」說這句話的人，聲音極小、極低，但仍有不少人聽見，而且大部分都是從秘境裡出來受了傷的人。

正巧守在這裡的東雪城護衛也聽見了，特地看了說話的人一眼。

這個人……似乎和東明城的人有些往來。

「這話不對，從出狀況到現在，東雪城一直在救人，如果真不在乎別人的命，長老們、護衛隊，不用做這麼多。」

「我們人在東雪城，他們本來就應該負責……」那人繼續咕噥，但依舊不敢太大聲。

「所有人，撤離。」

清冷的聲音，彷彿從遙遠的空中傳來，沒有疾聲厲言，卻讓人只覺得威嚴和不可違抗。

不等護衛們開口，已經有人開始起身，就連受傷的人，也不例外。

「秘境所致之傷，寒玉可療。」

清冷的聲音，再度傳來。

眾人一愣，還來不及說什麼，就聽見一聲：

「啵！」

是空中被凝住的火球，衝破了冰凝的限制，在繼續向外飛的同一時間，也在往下掉。

「快走！」

接著，是第二聲：「啵！」

「……」沒時間說話了，快跑！

莫非這就是城主要大家撤退的原因?!

破裂聲接二連三，連原本已經停止的雲層，也再度開始湧動，而且移動得比剛才更加劇烈，秘境的輪廓再度顯現了出來。

「是秘境！」

沒有消失，露出來了！

看見這一幕的人，不自覺緩下腳步。

「所有人不得停留，立刻出城！」大長老見狀，立刻一喝聲。

東雪城護衛得令，也不管其他人的反應，將所有人全數往城外驅引，有數名長老眼神不善地盯著，眾人也不敢在這時候鬧事，但是故意走慢、推推擠擠，也不是搗亂，頂多就是不配合。

秘境再現。

那能再次進去嗎？

從內境裡被丟出來的魂師，想到這一次前所未有的寒玉數量，忍不住還想，再拿多一點。

寒玉，可是目前為止，對提升魂力幫助最大、同時也能增加靈魂被攻擊時防禦力的唯一物品。

而寒玉，只有寒玉秘境裡才有——

「乓！」

彷彿易碎物品碎裂的聲音突然響起，眾人抬眼一看。

就見原本被擋在一層防禦力量之上，沒有落下的雪花，突然又飄飄落了下來。

還不等他們反應過來，又是一聲：

「鏗！」

碎裂聲更響，在空中停滯的那些雪花，瞬間失去控制，連同部分雪花化成的雪水，大把大把地滑落下來，灑落在還來不及出城的人身上。

被澆了滿頭滿身冰水的人，齊齊面無表情地抹了一下臉。

大長老也面無表情。

「還不走！」

一聲嚴肅的斥喝，讓底下還想著磨蹭趁機占便宜的人，立刻快奔出城，同時完美地掩蓋住了大長老心裡的嘖笑。

教你們磨磨蹭蹭，還想著占小便宜、製造小麻煩，冷死你們！

不過，這碎裂……到底是城主故意的，還是——

「呼——呼——咻——」

被凍住的風、雪、雲，一旦掙脫束縛，瞬間轉成暴風雪！

狂風、大雪、雲霧蔽日。

原本顯形的秘境，再度模糊了起來，就連放射出來的光束，也跟著被風雪模糊了光彩。

落在眾人的視線裡，原本清晰可見的一束束光芒，現在全數糊成一團，空中，就剩一顆不斷在發光的球。

在被噴出的火球越來越少後，那團光球，也越來越小，就在大家緊緊盯著空中時，一陣狂風毫無預警吹來，挾帶暴雪全數糊在所有人臉上。

「噗噗！」

「呸呸呸！」

不小心吃到雪了。

竟然……很苦?!

苦！雪花竟然是苦的嗎?!

不對不對，雪跟水一樣，怎麼會苦！

該不會雪裡夾了什麼奇怪的東西吧?!

「欸，怎麼回事？」

「怎、怎麼了？」呸呸，又吃到雪了。

「天色變暗了。」這個時辰，應該還是白天啊！

就算有風雪遮了天空，也不至於……暗得像快天黑了吧！

咻咻咻的風雪又狂吹了幾下，才變弱下來，眾人抬頭一看。

天，灰灰的。

雲，也灰灰的，還在緩緩浮動。

雪，繼續飄飄地落著……噗，又吃到雪了，不過，咦，不苦了？

「秘、秘境，不見了！」

欸?!

大家仔細一看，真的不見了。

雲層裡的光沒有了，此刻的天空，看起來跟一般下著小雪時的天空，沒有什麼兩樣。

秘境就這麼消失了?!

這什麼情況，感覺很詭異啊！

他們進秘境的人就這麼被丟出來，雖然沒在裡面被人劫傷也沒被火燒傷，但總之，看起來沒有一個人是完好無恙出來的。

還有那些沒被救下，不知道飛去哪裡的人，身上的傷搞不好比他們更慘。

這秘境，到底怎麼回事啊？

而在城主府，看著秘境在雲層中漸漸縮小，最後消失不見，東雪城主雪千秋，低緩地笑了。

他這樣，也算配合「那一位」的樂趣吧。

冰火兩重天。

應該足夠讓這一回進入秘境的人，永生難忘、津津樂道，即使日後不再有寒玉秘境，東州也會一直流傳著屬於寒雪秘境的傳說。

就算爺不在，大陸上也到處都有爺的傳說。

那位，應該會滿意。

希望他兒子，沒被丟到太遠的地方才好。

◈

當泛著光的字符，全數隱沒進端木玖的意識後，不知道過了多久，端木玖睜開眼，突然發現，自己，在半空中?!

她一睜眼，原本讓她隱在半空的飄浮力量消失，她整個人突然從空中顯形，接著，就往下掉！

端木玖一驚，下意識就喚出：

「流影！」

一柄飛劍突然飛了出來接住她，支撐著她穩穩地立在空中，然後緩緩往下。

片刻後，她安然地落在地面上，流影也回到她右手掌上，然後消失。

她低頭，攤開左手掌。

掌心上，靜靜躺著一塊黑色的令牌。

一面，是小花的圖形。

一面，卻是一個古文字：「冥。」

耳邊，彷彿還存留著爸爸的聲音：

「這塊令牌，是我偶然得到一顆天外隕石所煉製。隕石雖然小，卻蘊含特殊能量，用來作為特殊用途的魂器，剛剛好。所以我以它為主材，再加上許多稀有礦石與煉材，好不容易煉化它；賦予它作為我獨有的信物，也作為開啟冥域的鑰匙。它同時也是一個生命空間。

「我沒有多理會它，卻沒想到，它卻衍生出『小花』這樣的生物，而小花，又居然能結出『寒玉』這樣礦石。」

他當初不知道是加了哪一種奇特礦石還是奇怪的東西，一個不留神，就變出了這種「副產品」。

他煉製令牌的主要目的達成，這個副產品，他本來是想燒掉的，不過不知道為什麼，可能是一時心情改變，就又打消主意，不滅了它，讓它留了下來。

一直以來，它也很識相。

就是在空間裡到處建花圃，到處把根下結成的寒玉給藏起來，沒必要絕對不會到他面前刷存在感。

不礙事，就不燒它。

帝宸也就由著它了。

後來，在他「殞落」的那一刻，令牌護住他分出的一縷神魂，之後形成寒玉秘境，保他神魂不失。

小花在別人面前，可沒有在他面前那麼乖巧，反而是兇殘無比。

秘境裡無聊，他就當看樂子了。

沒想到，它卻在一照面，就認了小玖為主。

彷彿，它的存在，就一直是在等待她一樣；而他，就是個暫時的、替代的，寄主而已。

簡稱：工具人。

如果是別的人，敢拿他當個工具、寄住什麼的，帝宸肯定讓他知道什麼叫做灰飛煙滅。

但這東西，既然認了小玖為主，那他就放過它了。

爸爸，給女兒當工具人，小事。

「妳是我的女兒，這個，也是妳的了；妳要是不喜歡這個形狀，等妳有實力之後，也可以重新改煉它。」

那朵小花當然不是他刻的，而是令牌自己變出來的。

這個時候，帝宸才知道，那顆隕石，竟然已經開了靈智，被他一煉製，就自我化形了。

帝宸嫌棄。

若不是其他輔助的礦石稀有，且不好找，他當時肯定把這塊令牌燒融了，重煉。

冥王令．小花：「……」一抖。

莫名地，端木玖好像感覺到了……小花在冒冷汗？

「不用重煉，這樣，就挺好。」她一說完，感覺令牌不抖了，小花也不冒冷汗了，「花牌」同慶啊。

帝宸瞥了令牌一眼，笑了。

「妳開心就好。交給妳的東西，就是妳的，怎麼處置都可以，不用在意我。」

前主人，過期作廢。

帝宸難得自怨自艾了一下，他過氣了呀。

「爸爸……」

「沒關係，這種事，爸爸懂。」不傷心。「令牌給了妳，冥域開不開，也就由妳決定。」

「啊？」玖玖一呆。

「就是開不開門而已，沒什麼大不了的，妳隨便決定；就是，這東西不要再給別人，妳藏起來也成，明白吧。」

「……」這輕描淡寫說出來的話有點可怕。

後面那句不重要，那前面那句——

什麼叫開不開門沒什麼大不了呀?!

別以為她不知道，她有看到！那是一個界！

裡面有很多人——呃，冥域裡面，可能不是人，那，很多靈？可能也不叫靈，總之，就是很多很多存在的東西……或者生命。

這麼多的……不知道是什麼的存在，是可以隨便決定的嗎？

「小玖。」看著她無語的表情，帝宸突然正色喚道。

端木玖抬頭。

「不要讓自己的心被束縛住。」他揉著她的頭。「道理、責任、是非、感情，是該有，但那些所謂為人處世的道理，是立足於世要知曉的知識和觀念，但不該是讓妳裹足不前的束縛。」

「爸爸……」這話，似曾相識。

「妳不會做那種不道德的壞事，也不會主動害人，不貪心、也不受外物誘引，所以別想太多，如果妳對這個世界沒有認同感，把這個世界當成遊樂場玩一趟，或當成一次入世歷練，都可以；無論是修練，或者妳有什麼目標、想做的事，都開心一點去做。」

一開始，帝宸只把她當成一個後輩，捉弄來打發無聊的。

但不知道為什麼，在兩人確立父女關係後，他卻能敏銳地莫名有種感應，像是冥冥中，就該是這樣。

冥冥之中，他就知道一些事。

這些感覺，多半都來自於她。

不用多相處、不用多了解，他卻輕易就能知道，她現在的心態。

她修練認真、對接觸到的人事物認真以待，但是，在心底深處，她彷彿在顧慮著些什麼，始終有著保留。

這份保留，也許連她自己都不曾察覺。

那像是用什麼困住了自己。

這種事，就算旁人點破也沒用，只能她自己想通、改變。

否則，無解。

這種無解，會變成一種心結，在來日的某一刻，也許就會形成困住她修練的瓶頸，甚至因此修為崩塌。

別人修練需要的，或許是自律。

但這絕對不包括她。

就這方面來說，她真的挺像他的。

「魂，不是單指妳的靈魂，或者以修練得來的力量。更重要的，是妳的所思所想，妳所思者、妳的心、妳的存在，合在一起，才成『魂』。」

那種階級強弱，不過只是對現況的一種判定，不代表未來，也不要不自覺限制住自己的可能性。

端木玖心一動。

「不要把責任當成枷鎖，只要妳高興，想怎麼做就怎麼做。老子保他們不滅，已經很對得起他們了，他們要是想出來，拿出實力就行；所以開不開門這種事，只要東西不交給別人，妳隨便決定就好。」

所以，爸爸的女兒這麼聰明，有聽懂意思吧！

第三十章 圍觀魔獸打架

端木玖，是有聽懂。

但這……到底算不算被推坑了？

一開始，她是真的決定踩坑的。

只能說，男色果然誤人。

尤其是爸爸的男色，坑起人來也是萬般有魅力。

偏偏她，見不得爸爸臉上有一絲低落的神色。即使知道他們其實並不是同一個人，也一樣見不得爸爸臉上，有一點不開心。

身為人女，聽爸爸的話，本來也是應該的；繼承爸爸的東西，自然也得承擔一些責任。

這種道理，她懂。

但是爸爸的話聽起來，是根本把這種道理視為無物啊。

那這坑，她是踩、還是不踩啊？

這種臨別時候，爸爸的話竟然還模稜兩可。她不喜歡猜謎！

不氣，不氣。

不氣的——但拳頭硬了。

可是氣憤只一下下，後來她就愣了。

「主人，不氣啥。」一道稚嫩的聲音突然在耳邊響起，搭配的背景音是——磕磕，咬著什麼硬物的聲音。

端木玖本能瞥眼一看，就沉默了。

寶寶抱著……寒玉在啃。好的，糧食越換越高級了，真是自動進化。

而牠小小的身體，飄浮在空中，頭上——長著一朵搖搖曳曳、不時扭一下莖幹的，小花。

這造型，莫名有點眼熟。

好像前世某隻……那個噹的，頭頂飛天小蜻蜓，蜻蜓轉動時就跟個炮彈似地竄來飛去。

呃，好像不是竄來飛去……總之，飛來跳去總是有的吧。

幸好寶寶沒有竄來飛去，只是飄著而已。

端木玖默默想：一隻「花寶寶」她還能接受，但一個「過動花寶寶」……她會想棄養的。

端木玖將令牌收起來，這種東西……以後再想吧，反正她現在，實力不足。

然後，她伸出手。

寶寶雖然看不見，卻飄著移動，一屁股坐在她手掌上，表情乖乖的。

沒有過動，也不會破壞東西。

端木玖摸摸牠的頭。

「沒什麼。寶寶千萬不能學壞呀。」一句話，跟小花、跟寶寶說。

「嗚嗚。」寶寶一邊啃寒玉，一邊發出撒嬌的嗚嗚聲。牠乖噠。

端木玖笑了。

寶寶確實一直很乖。

「主人，小花也要，摸摸。」頭頂上的小花不依了，連忙出聲。

「你會搞破壞、惹事嗎？」

「不會噠！」它聽主人的話，乖乖噠。

端木玖就揉揉它的花瓣。

小花扭扭莖幹，滿意了。

端木玖這才轉而仔細看著四周。

鳥獸蟲鳴隱隱，潺流水聲細細地，風吹葉響，綠茵遍地，舉目四周，滿是山林煙霧。

她這是，落到什麼深山裡了？

說到這個，雖然她一直被流光圍繞，對外界沒有感知，可是當她一飛出來，在她無知覺的時候爸爸搞的事，她就全部知道了。

弄出這麼奇怪的陣仗，主要原因，大概，是想遮掩秘境有主的事實吧。

但這個，真的只是個「因」。

後來搞出來的事，絕對是因為爸爸愛玩兼想整人！

她大概能感知，當時四哥和六哥、星流、岩華……等人，她認識的，全被丟往不同方向，遠近不一。

沒有一個是同方向。

她對東州地形大概有印象，但是詳細的就不是太清楚，一時之間也不知道自己在哪裡，只知道，她被丟往東雪城的……西南方向。

距離多遠，無法判斷。

「現在，還是得先知道自己在哪裡才行。」她喃喃低語。「寶寶，你和小花先回巫——」

一犬一花，頓時巴住她手背。

「不、不回。」小花磕絆著語句。

「汪嗚。」陪，媽媽。

「不行，你們在外面，那焱他們會抗議的。」雖然她不介意帶著他們，但是一帶四、五隻，太招搖了。

「不抗議。」小花嫩嫩地說道：「他們，睡覺。我們，無聊。」

睡覺？

端木玖神識一掃，才發現在巫界裡，除了原本就在睡覺的黑大、焱、磊、還有蛋蛋，三隻攏在一起，靠在一起安安靜靜。

是……因為那些流光。

接受了那些流光中像字像符一樣的圖紋，雖然她還沒有悟懂太多，但是對她神魂的益處，卻很明顯。

她在與外界隔絕中，後來還能知道外界發生的事，就是其中之一的變化。

身體裡，也一點虛弱的感覺都沒有，反而有種充滿力量的感覺。

她的力量增長，直接影響到焱；焱，又影響了磊，讓他們為了適應多出來的力量，陷入沉睡。

如果現在讓她重返一次當初遇到師父的情況，要救師父，絕對比當時容易多了。

握手間，魂力充盈，她甚至隱隱可以看出氣流的痕跡。

即使沒有別人說，她也覺得，現在的她只怕氣息外溢，很容易被人看出修為；被魔獸發現，大概會被當成敵人，以為她要攻擊牠們。

感覺到四周暫時沒有危險，端木玖盤膝，落地而坐，把寶寶和小花放在懷裡，開始收斂自己的氣息。

小花一發現主人要修練，立刻控制了附近的樹木花草，不管有什麼，都別想靠近主人。

就在端木玖專心入定之後，意識裡，飄出幾塊字符，在她的意識裡閃爍著光華、緩緩繞著她移動，她的魂力也跟著字符閃動，時強時弱、時有時無，最後，漸漸沉斂下來……

距離端木玖所在之地附近的一處半山腰，一隻白色幼虎蜷縮在一處山洞裡，嘴裡不時發出嗚嗚痛鳴聲。

牠半睡半醒，恍恍惚惚的，好似感覺有什麼東西在靠近牠。

牠不安地睜開眼，就見牠所在的洞穴口，光線被掩去一半，就在離牠不遠處，出現熊、獅、豹三種魔獸。

因為牠的醒來，那三隻頓時停下蹦手蹦腳的動作，僵立在原地。

「滾！」

不耐的低吼，發出的聲音卻似是一名有些童稚的少男音，半點震懾力也沒有。

當然沒嚇退那三隻把自己變小了的熊獅豹。

那三隻，向前一步。

自白虎身上，突然發出一股血脈威壓，嚇得那三隻各自退了好幾步。

「怎麼辦？」

「別、別怕！牠、牠也只能用血脈之力壓制我們，根本、打不過我們。扛、扛過去就可以了。」

如果熊說話不是這麼結巴，獅豹就信牠了。

「血脈，可遇不可求。」獅喃喃道，覺得這樣就被嚇退、放棄，真有點可惜。

「牠很虛弱。」熊很確定這一點。

「那，我們之中，只要有誰能頂住威壓，就算實力被限制，我們也可以聯手制住牠。」獅還是很贊同熊說的。

「這樣好嗎？」豹還是有點擔心。

魔獸血脈，等級分明，如果是平常，牠們不敢接近，遠遠感覺到白虎的神級威壓，早早就跑走了。

但現在，這隻白虎實力退化，身有重傷，雖然不知道為什麼牠的身上不時就會冒出傷口，有時候還深到血流滿地，還時不時會吐口血，但這種機會，真真是可遇不可求。

牠們這些普通魔獸，天賦注定，想提升血脈潛力是不可能的事，但如果能得到高級魔獸的血，情況就不一樣了。

現在這種情況，牠們觀察了好幾天，幾乎可以肯定白虎沒有餘力同時對付牠們，面對這種提升血脈、提升修練桎梏的誘惑，真的很難放棄啊。

蜷縮著，忍住到喉一口血的白虎，緩緩睜開眼。

琥珀色的眼瞳，不明自厲，盯著牠們。

熊獅豹這回互相腳絆著腳挺住，沒往後退，雖然，腳有點兒抖，但總歸還是挺住了。

這給了牠們極大的信心。

「現在？」熊的大掌已經準備好。

「再等等。」豹直覺地道。

果然，下一刻。

「呃，噗！」白虎吐出一口血，身形，彷彿小了一點點？

「就是現在！」獅大喝一聲，如風一般竄向前。

熊、豹立刻也撲。

三獸一動，各自絕招都先一步發出去，連三擊向白虎。

白虎輕哼一聲！

眼神一厲。

一道白光從牠身上發了出來，沖散攻擊的瞬間，也轟飛撲向牠的熊獅豹三獸。

「啊！」

「呃！」

「噗！」

三隻獸，三口血。

白虎靠著牆，搖搖晃晃地站了起來。

「放肆！」

「滾！」

兩聲斥喝，一道白光再出，被轟退的熊獅豹，瞬間又被轟出山洞外，連痛叫都來不及。

連著兩道攻擊，讓本就站立不穩的白虎，再度跌落地面，全身痛得痙攣，一陣又一陣。

牠艱難地喘息著，感覺自己的修為，好像又少了一點點，身上沒有明顯外傷，卻斷斷續續在吐血。

那個卑鄙的人類，又做了什麼事，可惡！

讓牠現在淪落成，連三隻血脈低下的魔獸都敢打牠的主意，簡直——嗯？

白虎警覺，就見山洞口的光芒被掩蓋，被獸擋住了。

這次不只是剛才那三隻，還多了好幾隻不同的走獸，連天上飛的都有。

白虎暗自冷笑。

不自量力！

想要牠的血脈之力，拿命來，都不給！

「上！」

「吼！」

「呦！」

「轟隆！」

所有堵在洞口的魔獸，齊齊朝山洞內發出攻擊，小小的洞口，霎時崩落瓦解，將山洞裡的白虎活埋在裡面。

一擊得手，而且沒有被反擊。

山洞外的魔獸等了一會兒，洞內都沒有反應，魔獸們頓時欣喜。

「按照我們約定的，牠的血脈之力，我們平分。」說話的，是後來才加入的一條紅蛇。

「要先確定牠是不是真的死了，再來分配。」獅回道。

「也可以，誰去看？」

眾獸你看我、我看你，最後——

「一起吧。」

雖然山洞裡沒了動靜，可誰知道白虎是不是真的被埋得沒有抵抗力了。

畢竟白虎可是有神級以上血脈，平時是牠們可望不可及的存在，牠們對神級以上的魔獸本來就有天生的崇拜和畏懼，這次要不是偶然發現白虎的異樣，牠們也不敢打這種主意。

「那就一起。」紅蛇說完，先對倒塌的洞口發出一道攻擊，擊開部分封住洞口的石塊。

熊見狀，舉起腳掌，也對洞口拍了一掌。

「碰轟。」

每攻擊一次，就向前一步。

接著是兔、獅、鼠、豹……

等到七、八隻魔獸打完，各自轟完一次，牠們走到洞口，堵住洞口的山石也已經被牠們清出來了。

只可惜洞裡，也是被土石掩埋住的。

於是牠們繼續轟……

被轟來轟去的聲音吸引來的端木玖看著這一幕，一臉深思。

「牠們這是……謹慎？」魔獸的字典裡，有這個詞嗎？

修練完畢後，她又拿出寒玉，輔以其他材料重新煉製「流影」。

等她忙完，發現這邊的動靜趕來時，只看見牠們七、八隻魔獸對著一個山洞轟轟轟，然後商量血脈之力、平分什麼的。

「磕，嗚嗚。」被她一手摟在懷裡的寶寶咬了一口寒玉，然後用叫聲回道：怕怕的。

「你說，牠們怕怕的？」端木玖有聽懂寶寶的意思。

「嗚。」嗯。

「怕怕的，還敢打主意？」端木玖想了想，蒼冥好像也提過血脈的事。問道：

「得到比較高級的魔獸血脈，就可以提升自己的實力？」

「嗚嗚嗚。」可以提升潛能。

魔獸的血脈純度，就和人類的天分相似。

血脈越高、天分越好，修練越容易。

而血脈的限制，比天分更甚。

天分不好，還可以勤勞來補。

而血脈，卻是限制了一隻魔獸能修練到達的最高等階。

要突破這種限制，改善自身的血脈純度是最快、最好的方法。

由此推斷，被困在山洞裡的魔獸，血脈等級不低，才能吸引這麼多隻魔獸共同合作。

一般情況，只要是魔獸，不管血脈等級，都是很獨的，就連對著同族類的魔獸，都不一定會有感情，也互相不信任。

只有實力，才是牠們相同的追求。

「血脈純度高的魔獸，對比牠低階的魔獸有實力壓制，還沒打先弱三分，這些魔獸居然敢以下犯上？」這一點，蒼冥特別說過，而且還示範過。

現在在她的空間裡睡覺的黑大，就是最佳證明。

蒼冥本身血脈等級之高，就連他留給她，戴在她頭上的髮飾，對魔獸都有嚇阻作用。

在秘境裡，蒼冥出現過後，她就知道怎麼掩蓋髮飾的氣息，否則現在，這些魔獸該都被嚇跑了。

寶寶突然停下啃食的動作，嗅了嗅。

「嗚。」一血。

端木玖一聽就懂。

「裡面的魔獸受傷了。」難怪牠們膽敢聚眾合作，想以量取勝，原來是趁病要命啊。

就在端木玖把前後的事都猜想得差不多的時候，那些魔獸也已經把山洞砸開，一眼就看見背在山洞牆邊，那隻大概趴在地上、連膝蓋高度也沒有的……大概是白毛的小獸。

說是大概，是因為牠身上的毛以白色為底，只是全身像被泥土石灰砸過，灰撲黑的，實在看不出白在哪兒，不過依照經驗，端木玖覺得那毛原本……應該是白色的。

白毛的小獸，在一般人的想像中，應該是可可愛愛萌萌噠！

呃，她家寶寶，雖然不是全白毛，但也是可可愛愛萌萌噠！（就算是因為呆，也是萌萌噠！）

但現在，那隻小獸身前的地面有著明顯的暗色痕跡，像是血跡乾涸後的顏色，但也有未乾的。身上雖然沒有明顯的外傷，但是血腥味，卻很明顯——是灰髒的毛色掩蓋掉外傷嗎？

趴在地上的白色小獸，沒有將逼近眼前的幾隻魔獸放在心上，但是牠卻突然睜開眼睛，兇狠的視線，射向山洞外。

端木玖眨了下眼。

難道，牠發現她了？

這麼敏銳的嗎？

啃著寒玉的寶寶突然抖了下，感覺毛皮刺刺的，下意識就往玖玖懷裡靠了靠。

「嗚？」牠在她懷裡微偏起頭，有點委屈的低嗚一聲。

端木玖撫了撫牠頭頂，並沒有出聲，也沒有移動。

山洞內，那幾隻魔獸已經一哄而上，集體撲向白色小獸。

「滾——」

沙啞卻明顯童稚的聲音，再度斥喝一聲，七、八道白色氣芒猶如箭矢，混著山洞裡的土石，全數反射向那幾隻魔獸。

「嗚！」

「啊、呦嗚！」

「啊——啊……嗤——」

魔獸全部倒飛出山洞外，每隻身上都有一道被射穿身體的傷口，身上各處也被土石砸中，隻隻灰撲撲。

端木玖剛覺得那隻小獸果真血脈高，實力也高，但下一刻看清那些魔獸們身上的慘況時，頓時有點兒奇怪的感覺。

這「灰撲撲」的模樣，比那隻小獸還慘。

受的傷，好像也不比小獸低啊。

莫非這就是「獸獸報仇，立刻就動手」？

這隻小獸，報復心很強啊！

小獸的反擊快速犀利有效，但是放在不知道為什麼受重傷的小獸身上，就有點兒後繼無力。

反擊完眾獸，小獸頭暈眼花，頭搖晃了一下。

就在這時，被一擊射穿身體的紅蛇突然一轉向，咻地朝白色小獸竄去，狠狠咬了小獸前腿上方一口——

白色小獸一痛，卻硬是沒有叫出聲，身體卻從傷口處開始發麻，牠抬起另一隻前腳，對著紅蛇一揮爪。

「——死！」

「吱啊……」紅蛇只覺要害一痛，猛地瞪大眼。

整個身體僵直，而後軟軟落地。

睜著眼，死透。

白色小獸以利爪劃破紅蛇的肚子，取出其膽生吃下去，被咬傷的劇痛和發麻感，這才慢慢緩解。

可是這一擊，幾乎耗掉牠僅剩的體力，只是強撐著氣勢不敢弱。

牠琥珀色的眼瞳，冷冷地看著那幾隻踉蹌站起來的魔獸。

魔獸們的心齊齊一縮。

血脈裡對高階魔獸的畏縮，讓牠們畏縮了一下，但是，已經走到這一步了，牠們如果退縮，下場就是死。

魔獸威嚴不容挑釁。

白虎絕對不會放過牠們。

魔獸們暗暗交換過眼神。

拚了！

受了傷的魔獸們也學聰明了，沒有一隻再往前湊，反而就著各自倒落的地方，從不同方向對著白虎所在的位置發出攻擊。

白虎再度冷哼一聲，抬腳就想將這些敢打牠主意的低等魔獸一擊殲滅。

然而就在牠要出手之際，身體卻突然一痛——

「呃！」

牠忍不住痛得發出聲音，灰撲的身上驀然出現一道又深又長的血痕，整個身體跌趴到地面，血流不止。

就這一瞬的延遲，眾獸的攻擊已經來到牠面前，近得讓牠幾乎可以感覺得到那些攻擊中的凌厲之勢，要逃也根本沒辦法動——

難道，就這樣死了嗎？

死在該死的人類，和這幾隻低等魔獸手上？

絕不！

即使無法找那個人類報仇，但眼前這幾隻獸，休想逃過！

就在白虎放開力量，準備燃燒血脈之力時，一把劍突然橫空立到牠面前，擋住了那些攻擊。

緊接著，一個比牠還小的身體，突然空降在牠面前。

第三十一章　黑色的枷鎖

同一時間，不遠處傳來好幾聲哀叫。

「呦嗚……啊……呃噗……吱啊啊啊……」

只見一把飛劍橫空劃過，那些本就重傷的魔獸，統統沒有逃過這一擊，一隻隻被劃破喉嚨，瞬間倒地，沒了氣息。

白虎有些奇怪的直覺，好像，那些魔獸的動作頓住的一瞬間，然後就會被一劍斃命。

劍上，似乎有著奇怪的光芒。

錯覺嗎？

不對。

白虎瞬間警戒，看著一道纖細的人影，緩緩從空中落下。

殺死魔獸與擋在牠身前的兩把飛劍，靈動地飛回到她面前。

只見她伸出手，那兩把劍就消失在她手上。

白虎盯著那個人類，還有眼前這一隻小魔獸。

看著牠頭上頂著一朵花——那是裝飾？還是頭上長花？白虎一時之間沒判斷出這一隻到底是個什麼魔獸。

但是，小魔獸離牠這麼近，竟然不怕牠的威壓?!
而那個人，就站在原地，並沒有靠近牠。
白虎沒有覺得放鬆，反而更警惕了。
牠直覺，這一人一獸，很危險。
就算沒有感覺到敵意或殺氣，但他們比剛才那幾隻低等蠢笨的魔獸更危險。
白虎身上的血，還在流，整個身體也虛弱得沒法再動，連逃都做不到；但是牠不會束手待斃，也不會服饒。
殺不退敵人，那就同歸於盡！
白虎心中兇狠地想著，但是——
那隻小魔獸原本前爪抱著個東西在啃，落到牠面前時，還保持一口咬住的動作，只是停頓住，一臉呆地「看」著牠。
……看？
白虎這才注意到，小魔獸的眼睛，居然是閉著的。
先天不足。
同為魔獸，白虎立刻就想到這個可能。
「嗚？」
牠發出一聲疑惑的聲音，好像不明白自己怎麼突然飛到這裡來了。
白虎：「……」呆。
小魔獸偏著頭，「看」著白虎一會兒後，前爪移動了一下，把啃了幾口的寒玉，遞到牠面前。

白虎：「……」

「汪。」吃。

白虎睨牠。

牠吃剩的，給牠吃？

小魔獸很疑惑，牠為什麼不接？

很好吃的。

對牠也很好的。

待在小魔獸頭上的花，有點看不下去。

「喂，你吃。」稚嫩的娃娃音，有些嬌、有些橫地說道。

白虎緩緩抬頭，眼裡有著震驚，但保持牠高傲的態度，假裝冷靜。

花，活的?!

有靈識、會說話，還會變形，什麼魔植竟然是一朵花?!

就算都占了一個「魔」名，但魔獸對魔植的了解並不多，只因為魔植真的太稀少了。

「你真呆。」小花看著白虎一直不動，還一直看著它，最後，終於有了結論。

這個結論，直接把白虎震回神了。

「你才呆！」

雖然同樣都屬於童稚、像孩童的聲音，不過小花偏著女音、比較幼小，像只有四、五歲；而白虎的聲音偏男音，聽起來像人類七、八歲。

「寶寶好心給你東西，你怎麼不接啊？」小花才不理牠的叫囂，直接傲嬌地質問牠。

叫牠吃別的獸吃剩的東西？

小花身體頂高了一點點。

「寶寶願意把自己的食物分給你，是你的幸福。」

在洞外聽見的端木玖，「……」汗一滴。

小花這形容，好像有點兒奇怪。

白虎瞪著那朵花。

寶寶直接一騰空，就突然湊到白虎跟前，一把將前爪抓著的寒玉，塞進白虎嘴裡。

白虎：「你——?!」

牠才想發怒，可是寒玉在嘴裡，牠一開口不小心就咬了一口，立刻就感覺到不對勁。

這是……

一股清涼的感覺，從嘴裡擴散到牠全身，牠只覺得腦子裡的暴戾感好像少了一點點，身體流血疼痛的地方，也減少了一點點。

牠下意識又咬了一口。

同樣的感覺再次沖刷過牠的知覺。

白虎下意識的，再咬幾口就把整片寒玉都吃了。

等吃完了，牠才渾身一僵。

才兇了給牠食物的獸、覺得自己被輕視、準備揍牠，結果轉瞬就把食物給吃光光了。

白虎覺得有點丟臉。

牠才不是這麼貪吃的魔獸！

寶寶看著牠，像感覺到牠真實的反應，猶豫地又拿出一片寒玉。

「笨。」小花哼。

「嗚嗚。」不笨。

「牠兇你，你幹嘛還對牠這麼好？」

「嗚……」牠受傷了。

小花在寶寶腦袋上蹬了一下。

「我們又不認識牠，牠受傷了關我們什麼事？」

寶寶無辜臉。

「可媽媽救牠了呀。」

媽媽救牠，應該就是，對牠好一點沒關係噠。

小花一噎。

這道理，好像也可以說得通。

它連忙轉頭去看主人。寶寶說的，是對的嗎？

「你們自己商量就好。」她沒意見。

端木玖一邊忙著處理那幾隻魔獸，一邊回道。

當過傭兵，現在也還是傭兵，非常知道這些魔獸哪裡值錢。

雖然能換得的酬勞不一定多，但是也不能浪費呀。

她現在雖然不一定缺錢用，但是能攢一點，是一點。

誰知道未來會不會哪一天她就為了一錢銀子懊惱得想撞牆？而且她養的幾隻，好像有時候挺費錢的。

所以現下還是多少撿一撿吧！

「嗚嗚嗚！」聽到她的回答，寶寶很開心。

媽媽沒意見，牠做得就是對噠。

小花：「……」它沒有手、沒有頭，不然一定撫額頭痛。

這隻小笨狗……

「走開！」白虎的語氣，有點僵硬，像是誤會了什麼的心虛，卻又故作強硬，不表現出來。

原本惡狠警惕盯著他們的眼神，不自然地稍稍挪開。

寶寶轉回頭，又「看」牠。

「你——呃啊！」「滾」還沒說出口，就變成一聲痛哼，倒在地上，視線都有點模糊。

白虎身上，憑空又出現一道長長的傷口。

剛才吃了半塊寒玉稍稍治癒好的身體，轉瞬又變得虛弱。

端木玖正好收拾完魔獸，身影一動，就閃至白虎身前。

白虎躺在地上，卻警覺地睜大眼，即使看不清楚，也努力瞪著她。

小花突然對著牠，吹了一口氣。

白虎冷不防一吸，還沒辨別什麼，整隻獸都昏昏沉沉，隱約還聽見：

「嗚嗚！」你暗算牠。

「我這是有效率。」

「嗚？」是嗎？

「牠傷很重，如果要救牠，要說服牠不反抗太麻煩了，直接弄昏牠比較省時省力。」小花的做法，就是這麼乾脆直接。

白虎：「……」接下來牠就什麼都聽不見了。

那隻笨小獸，一定被拐。

「嗚……」寶寶想了想，小花說的好像是對的……

「本來就是這樣。」小花理所當然地說，然後看向主人，一副「求誇讚」的期待樣。

端木玖都不知道自己該不該為自家這幾隻的道德觀擔心一下。

「養小孩」太不容易了呀！她養的這幾隻，本來就有各自的習慣，要改正也挺困難的。

小花這次的做法，要說對，也並不對；要說錯，也不是完全錯。這要怎麼教才能簡單明瞭地告訴他們對和錯、可以和不可以？

尤其是，腦子單純的寶寶也看著她，好像在問：真的是這樣嗎？

端木玖頓時感到壓力山大。

「這個……非到不可以，不要這樣做。」

小花覺得，這是主人贊同它的做法了，它滿意。

寶寶懵。

什麼叫「非到不可以」，什麼時候才是「非到不可以」？

端木玖……頭上汗一滴。

「乖，你記著就好了，不用學小花。寶寶，就是寶寶，不用學小花。不要讓自己受傷就可以。」

「汪！」這個牠有聽懂，寶寶開心叫一聲。

端木玖這才轉向白虎。

昏迷了，牠的身體，才不受控地，不時抽搐。

無知覺了，才會放任自己疼到抽搐。之前，完全看不出來牠所受的傷，除了讓牠變弱之外，還有其他影響。

這算是，高階魔獸的尊嚴嗎？

也是挺好面子的。

端木玖查看了牠身上的傷，張開手掌，一道透明卻微亮的柔和光芒，順著她的掌心，一一撫過牠顯於外的傷口。

止血，癒合。

等到完全撿查完、療癒好牠身上的傷口，已經是三刻鐘之後的事了。

在療傷的時候，牠身上還突然冒出過兩道傷口，讓端木玖不得不再趕緊幫牠止血、療傷。

等到牠身上外傷都處理好了，才再去探查牠體內的情況。

氣息不順，力量紊亂，生機……有些弱。

正常來說，魔獸的生命氣息遠比人類來得旺盛，除非極重的傷、或到天命之時，否則生機不應該會變弱。

牠身上不時冒出的傷也有點奇怪，不像是什麼銳器，反而像是——風為刃劃出的傷口。

能這麼判斷，還是因為她不久前才看著她家六哥的「修羅場」，所以對這種傷口印象深刻。

這並不是附近有誰攻擊所致，那這傷是怎麼來的？

端木玖想了想，以魂力穩定牠體內的生機後，才回過頭，就見小花回到寶寶頭上，寶寶坐在一旁，又拿出一塊寒玉，默默啃著。

「過來。」端木玖朝牠招了下手，寶寶立刻飛到她手上。

她就查看了下牠體內的狀況。

即使寶寶先天不良，但後天，真的養得不錯，牠身體的狀況，比牠剛出生時強壯不少；就連智慧，也比剛出生時聰明許多。

現在的寶寶，雖然還比不得一般正常的魔獸，比較弱又比較傻，但是牠確實在成長。

「嗚嗚。」媽媽，有奇怪的東西。

「奇怪的東西？」

端木玖看向四周。

除了剛才打鬥的痕跡，經過剛才那一通魔獸亂砸，附近除了他們，連一小隻生物都沒有。

「媽媽，這個。」

寶寶嘴裡咬著寒玉，四腳並用，沿著她的手臂往上爬，然後貼到她的額頭，將牠看到的奇怪東西的影像，傳給她。

端木玖只感覺寶寶的額貼著自己，腦海中就彷彿出現一幕斷層掃描的影像。沒有血肉，只有生命體的形象，以及生命體內部，肉眼看不見的，一道黑色的，像是枷鎖一樣的東西，飄動旋轉著，鎖住生命體的頭部。

影像傳送完畢。

寶寶回到原來的位置，啃寒玉，有點氣息不穩。

可見得，這樣傳送影像，會耗費牠的精力。

這個枷鎖……

端木玖望了還在沉睡的白虎一眼，就走出去，清理一下洞外的環境，然後找了個地方堆架、起火，取出烤製的工具，就著剛從魔獸身上取下的，可以食用的，開始烹製。

一會兒後，香滋滋的味道，開始彌漫四周，擴散出去……

◈

當白虎再度醒過來的時候，天色已經有些昏暗，一簇火光，隨風搖曳地映照在牠的臉上。

察覺不遠處有氣息，牠整隻獸倏地警覺起來，毛都豎直！

一人、一小獸、一簇營火。

空氣中，飄著香香的食物味道，那人，還拿著食物，餵著小獸，速度不疾不緩，小獸只要張開嘴，就能吃到好吃的東西。

然後，還聽見——

「主人主人，這樣好看嗎？」

小獸頭上，一朵小花扭來扭去。

小獸就吃著東西，完全不管小花在牠頭上做什麼。

「好看。」

「那這樣呢？」

「嗯……顏色不合。」豔色紅花、配米色毛，原諒她實在看不出美感。

「主人，反差美呢！」

「差太多了。」嚴肅。

「喔，那這樣。」變一個，淡淡嫩嫩的水粉色。

搭在米色毛底、間雜幾塊咖啡的毛皮上。

「還……可以。」雖然還是感覺哪裡怪怪的，但至少，比剛才的豔紅色，正常多了。

「那先這樣。」小花開心了，就搖搖身體，縮短縮小，乖乖貼在寶寶頭上，像一朵可愛的髮飾——呃，頭飾。

「……難看。」嫌棄，別開眼。

小花幽幽盯向牠。

「主人說好看。」

「嗚！」好看。

寶寶湊聲。

無條件支持媽媽的說法。

「醜。」白虎只有一個字。

小花炸毛——不對，炸花瓣，感覺像要發射一堆有如機關槍彈一樣的炮彈，轟向那隻不會說話的魔獸！

「乖。」端木玖趕緊安撫小花。「牠大概覺得只有白色最美，其他顏色都不好看，都醜。」

「白色好看！」小花完全贊同。「但是有別的顏色也好看。」它是一朵追求好看顏色的小花。

「嗯嗯，對對對。」端木玖點頭點頭點頭。

她一點都不想看到炸花瓣！

尤其是，現在天色已經暗了，附近也沒有什麼好地方，她也不想再清理打掃一次環境。

所以這裡萬萬不能被破壞。

小花完美被安撫住了，在躺回寶寶頭上前，還不忘對白虎嗆一句：

「沒有審色觀的魔獸，真可憐。」

端木玖：「……」小花這絕對是無師自通的學會罵人不帶髒的技能。

莫非是爸爸的影響？

白虎：「……」瞪它。

你才沒有審色觀！你全家都沒審色觀！

不過，審色觀是個什麼鬼？

牠沒有回嘴，完全是因為不想跟一隻小花吵架，絕對不是吵不過小花！

端木玖把寶寶連同小花抱到一旁坐著，把離白虎比較近的一邊留出空位，放了一盤食物。

「要吃嗎？」

有肉有湯有乾果有甜汁，香噴噴。

儘管肚子餓得要咕咕叫，但是白虎也沒有直接衝過去。

「放心，我不認識你，也沒有打算契約魔獸，你對我來說，沒什麼用處；這些食物，只是順手，不是特別為你做的。」

真要傷害牠，在牠被小花迷昏的時候，就是最好的時機。

可是她既沒有取牠的命，也沒有趁機契約牠，或者對牠做什麼。

意識到這一點，白虎有點懵。

牠遇到過太多打牠的主意，想要牠命的人和獸，也遇到過先對牠示好，然後馬上反砍牠一刀的人類，或者趁牠受傷虛弱，暗算牠的獸……

不管貪圖牠的血脈之力、想要牠的命，或是想要契約牠為僕獸的人類與魔獸，比比皆是。

但從沒有人，真正為牠療過傷。

也沒有人，為牠準備過食物，而且還是那麼精緻的。

沒有刻意接近、沒有蓄意討好，也沒有刻意說她為牠做了什麼，只是很隨意的，就那樣叫牠吃東西而已。

白虎遲疑了一下，站起身來。

在走向她的幾步路中，身形跟著變化。

等走到了那盤食物前時，牠已經不是一隻白色幼虎，而是一名白髮、白眉、白衣的七、八歲男童。

男童的長相很精緻、很稚嫩，五官透出一種不分性別的漂亮，但是他臉上的表情，卻一點兒也不孩童，反而像個大人樣，琥珀色的眼瞳繃著眼神，表情也繃著，很是彆扭。

看著那盤食物，他像是有點想坐下來，又覺得真坐下來，有點兒沒面子，動作僵著，糾結。

「噗。」端木玖沒忍住一聲笑，連忙摀嘴止住。

「噗嗚。」旁邊的寶寶，立刻學她的動作，噗哧一聲後，前爪就摀住嘴。

白虎：「……」

他感覺，他再糾結下去，看起來只會更傻！

他賭氣地坐下來，拿起餐盤裡的食物，用力吃！

沒三兩下，就全部吃完了，然後看見，那個人類女子，正夾一塊肉，餵那隻笨小獸。

笨小獸乖乖吃著，一臉幸福——不，是一臉呆樣。

那臉呆，白虎看著看著，覺得真是刺眼。

他用力咬一口——咬到杯子。「叩」一聲。

端木玖、小花、寶寶，齊齊看向他。

白虎——就算磕痛了牙，也絕對不表現出來。

牙可以掉，面子不能丟。

端木玖手一動。

烤架上的肉，飛了好幾塊到他的盤子裡。

「餓就吃，沒毒，不用省。」反正這些肉，白虎也有打，本來他也有份可以分，就當——勞務費。

白虎看著那些肉。

瞪了好幾眼後，狠狠就又開始吃。

吃完了那幾塊，又自己夾了好幾塊，然後是湯，一口接一口。

端木玖眨了下眼。

寶寶也好奇地偏著頭。

這是……反正都吃了，一個是吃兩個是吃三個以上也是吃，那就乾脆吃夠本？

等到白虎差不多吃飽，肉也差不多被他吃完了。

被一人一獸這樣看著，白虎居然——臉紅了。

「妳烤的……很好吃。」不對，不是要說這個。「肉被我吃完——」不是這個！

「我吃多了——」白虎閉嘴。

他、在、說、些、什、麼、啊?!

「有吃飽嗎？」端木玖問道。

長得好的人——呃，獸，就算臉紅了，也很好看。

「嗯。」他點頭，神情嚴肅，彷彿剛才狂吃的人，不是他。

「那就好。」端木玖轉頭，繼續餵寶寶。

這彷彿照顧什麼生活不能自理的小幼崽，一餵到底的模樣，讓白虎有點兒看不下去。

「咳，那個。」

「嗯？」

「牠雖然是隻幼崽，但是自己捕食獵食吃是絕對沒問題的，不用把牠當成什麼都不會一樣，這樣細心照顧。」實在是看不下去。

身有大魔獸血脈，就是要強悍，風吹雨打雷劈都不倒。

就算是隻幼崽，那也是可以秒殺無數魔獸的存在，魔獸生來強悍，又哪裡需要這樣細心照顧。

像他，就是自己混長大的。

從出生開始，沒被任何人或獸照顧過。

「汪！」寶寶不滿地朝他叫了一聲。

媽媽對牠好，才不要別人管。

「沒關係，這是我們的樂趣，我也不是很常有時間這樣餵牠的。」實際上，從寶寶出生到現在，這還是第一次。

多半的時候，寶寶是自己磕東西來填飽肚子的。

「不能慣著牠。安逸使獸軟弱。」白虎嚴肅臉。

「汪汪！」壞獸！

「就算你是天目神犬，也不是真的凡狗，不要亂叫，要說話。」

「汪汪汪！」連話都不說了，直接兇叫。

白虎看著牠，恨鐵不成鋼的眼神。

「汪汪汪！」

「說話。」

「汪汪汪！」

「不要亂叫。」

「汪汪汪汪！」

「耍賴沒前途，身為魔獸，要自立自強。」這絕對是他有生以來，最苦口婆心的一次。

若不是他受傷時，這隻笨小獸給了他療傷的東西，他才不會對這隻笨幼崽多說什麼。

寶寶……寶寶不想理他了，直接趴到端木玖懷裡。

白虎幽幽地看著她，用眼神譴責她。

妳把牠寵壞了。

身為魔獸，牠太不長進了。

端木玖哭笑不得，伸手拍拍寶寶。

「你很關心寶寶？」

「寶、寶？」白虎瞄了牠一眼，有點嫌棄。

這名字，太沒氣勢了！

端木玖一看就猜到他在想什麼。

「寶寶是小名，牠有正名的。而且，寶寶會說話，只是不常說，我們都懂牠的意思就好了。」

白虎還是皺眉。

「你是魔獸，應該看得出——寶寶的狀況。」端木玖撫著寶寶後背上的毛，沒一會兒，寶寶就睡著了。

白虎看著她。

「原本，牠是活不下來的，連破蛋都做不到；好不容易出生，到現在還不足一個月，能有現在的精神、能順利成長，就很好了。如果牠能恢復，自然會變得強大，如果不能，那也沒關係，牠不強大，也是我養的。」

白虎一愣。

「牠那麼弱，妳不嫌棄？」

「牠出生時，更弱。」弱得連自己的蛋殼都沒力氣吃完。「我沒有指望牠變強，養牠也不是為了增強實力；只是牠破蛋時第一個見到的人是我，所以只願意待在我身邊。」

如果養寶寶是為了增強實力，那還真不一定划得來，寶寶得用靈石養，現在更進展到吃寒玉，這沒點兒賺錢能力，養得起嗎？

「你是魔獸，應該看得出來，寶寶牠……生來就眼盲，身上血脈並不弱，偏偏現在的牠，連自保能力都不夠，若是單獨在外，只怕會比你之前的情況——更慘。

「寶寶現在的樣子，我沒覺得有什麼不好，我還在，就不會讓牠被欺負。」更何況，還有個小花。

這時，被她輕拍著睡著的寶寶，低低叫著：

「媽……媽……」

「乖。」再拍拍。

寶寶安穩地睡了。

白虎：「……」笨小狗！

在心裡罵完，白虎再看向她，有點遲疑，但還是問出口：

「妳……不想契約我嗎？」

「為什麼要契約你？」

「我的血脈高貴，實力也強，趁我虛弱的時候，妳是魂師，就能契約我，為什麼沒有那麼做？」他質問。

「難道你想被契約？」端木玖有點不解地問。

不契約他，對他應該是好事吧。

據她所知，血脈越高的魔獸性情也越高傲，絕不願意被人契約，除非那人能得到他們的認可；此外，這類魔獸通常能接受的只有平等契約或是共生契約，或者他們把人給契約了，不會接受被人類下主僕契約。

「當然不想！」答得超快！

「那你生氣什麼？」

「我——我才沒生氣。」

「喔。」這會兒，是一人一花歪著頭看著他。

寶寶睡著了，小花就把自己頂高一點點，陪主人跟獸聊天。

「小爺、小爺這麼受歡迎，多少人搶著要，人類一向很懂得趁人之危，連魔獸都想趁我受傷時暗算我，妳居然沒有，我只是……覺得奇怪。」才不是他想被人契約！

還是說，她嫌棄他重傷，嫌棄他弱、嫌棄他小……

「不想契約，所以就不契約呀，哪有一定要為什麼，就是不想而已。」

她還沒契約，身邊已經跟了好幾隻，要是真的契約……

端木玖覺得自己雖然不介意養魔獸，但一點都不想被魔獸淹沒。

「是不想，還是覺得我……太弱？」白虎看著她，「人類，只想契約強大的魔獸，遇到更好的，也會丟棄原本的。」

所以他之前是不相信的，不相信有人會真心養那隻殘缺的笨小獸。

「別人怎麼做，我不知道。對我來說，與其花時間找強大的魔獸契約，還不如我自己變強比較快。」

她的實力，從來也不靠契約什麼得來，在她眼裡，強大的魔獸和普通的魔獸差別也就是——強大的魔獸好像看起來都比較漂亮。

想到之前遇到的土龍——端木玖在心裡默默加一句修正：

除非天生模樣就長得醜的。

白虎愣愣看著她。

「妳真的，不是嫌棄我弱小？」

「不是。」

「不想契約我？」

「不想。」

「那為什麼救我？」

「順手而已。」要不是這裡有聲音，她也不會來這裡；然後，寶寶不想他死，她就順手解決那些魔獸。

順便用那些魔獸來試一下自己目前的戰鬥力，順便也測試一下重新煉製後的流影能發出的威力。

結果，她很滿意。

她答得這麼「沒企圖」，白虎神情更緊繃了。

「你怎麼啦？」

簡直把「不開心」三個大字都寫在臉上了。

「妳居然不要我！」這語氣，充滿指責。

哈啊？

小花愣愣看著他。

還有獸主動趕著給人契約的？

喔，它自己除外。

它和主人，是天定的緣分。

這隻獸前後態度是不是差太大啦？

明明他之前還懷疑主人要契約他，一副打算若是主人要硬來，他就要和主人同歸於盡的模樣。

端木玖也是一愣。

「呃，這個……」跟要不要有關係嗎？

白虎話一出口，也覺得不對，就立刻閉上嘴，表情倔倔的，好一會兒，才蹦出一句：

「小爺……才不是想被妳契約，是……小爺這麼厲害，妳憑什麼……看不上小爺？」對，就是這樣。

端木玖瞬間無語。

彆扭的小獸！

小花聽一聽，自己總結：「所以，你就是要主人契約你嘛。」

「才不是！」

「你就是！」

「才沒有！」

「明明就有！」

「你亂說！」

「我是實話實說！」

簡直像兩個小孩子吵架！

「好了你們兩個，寶寶要被你們吵醒了。」端木玖不得不出聲，然後一邊抱起寶寶，拍撫牠讓牠繼續睡。

一花、一獸，默默瞅著寶寶。

小花也想要摸摸。

小爺、小爺才沒有想要被拍拍！哼！

「你過來一點。」她對著白虎說。

「做什麼？」語氣不善，但還是移動到她面前。

端木玖伸出手，在他頭上摸了摸。

「妳、妳在幹什麼?!」他語氣兇惡，但瞪圓了眼睛，全身僵住，比較像是驚嚇過度。

端木玖差點笑出來。

雖然白虎說的話和態度矛盾很多，但是她最近面對「彆扭人和矛盾人」——又名「傲嬌人」的機率很高，所以大概猜出來，可能連他自己都沒有發現的心態。

「別人怎麼想，那是別人的事，你自己知道，自己很珍貴就可以了。」

白虎又呆了一下。

「你真的想被契約嗎？」

「不想。」秒答。

「那你只要記住這一點就可以了，其他不重要。當然，等你強大了，可以把那些膽敢看不起你的人，揍扁拍飛。」

白虎愣愣看著她，好一會兒，才不自在地別開臉，端碗默默喝湯。

全身的氣息，像是平靜了下來，不再像之前那樣，緊繃、警惕，彷彿隨時打算跳起來跑掉。

「你……」端木玖遲疑了一下，實在有點好奇，「你的腦子裡，有個東西，那是什麼？」

一瞬間，白虎彷彿連汗毛都豎了起來。

「什麼東西?!妳在說什麼?!」剛才的放鬆完全沒了，他全身警惕地瞪著她。

「一道黑色的，枷鎖。」

第三十二章　又見咒術

白虎整個人跳起來，瞪著她。

端木玖就坐在那裡看著他，疑惑、無害。

彷彿不知道他在緊張什麼，也沒有露出任何一點點的防備和攻擊之意。

小花從寶寶頭上跳到主人的肩膀上，隱隱地，空氣中透出一股淡淡的清新氣味，消弭了白虎緊繃的情緒。

白虎警覺。

「你太緊張啦！」稚嫩的女童音，有點嫌棄他的大驚小怪。

主人對你才沒有企圖！

主人想害你，你早就死翹翹啦！

「妳怎麼知道？」白虎才不理那朵花，就問。

這種東西，他的傳承記憶裡有過一部分，他知道，但是不懂，那是人類弄出來的東西。

可是這種東西，一般人不知道也不會察覺，她又是怎麼發現的？

「是寶寶看見的，牠覺得這是奇怪的東西，牠不喜歡。」

這隻眼瞎的笨小獸居然還能「看」見？

這隻笨小獸的小動物直覺，真靈敏。
這東西，真不是個好東西。
她已經知道了，其實，也沒什麼不能說的。
白虎重新坐了下來，神情鬱鬱。
「那個人說，這是：替魂咒。」
端木玖想到他之前莫名受的傷。
「是將下咒的人所受的傷，轉移到你身上？」
「嗯。」他點頭。
端木玖又想了想，覺得那道枷鎖上的圖紋，好像不只一個作用，而是更複雜。
突地，想到他似乎有減少的修為。
「你的修為……該不會，你修練的魂力，也會轉移出去吧？」
白虎僵了下，又點頭。
若不是因為這樣，他、他才不會是這副小孩樣！
端木玖瞬間同情他了。
不但替人白受傷，努力修練的魂力也是別人的，這是何等的冤種啊。
「人類，就是可惡狡詐，該死！」
呃，她這個人類，還在這裡，不要罵得那麼順口啊。
白虎好像也想到這件事，有點彆扭地補了一句：
「妳，例外。」
真謝謝他。

「你，肯讓我再仔細看看，那道枷鎖嗎？」端木玖想了一下，還是問道。

「妳要看？怎麼看？」白虎下意識防備地問。

一直以來，他遇到的都是惡意，幾乎沒有得到過任何幫助，受了傷，自己硬扛，魂力被奪走，只有再修練。

有魂咒著，他就算想殺了那個膽敢對他下咒的人，也根本做不到！

他……他……

不甘……

「不用探查你體內，只是讓那道枷鎖，從你身上浮現一下。」

「可以嗎？」這做得到？

「試試看。」有寶寶傳給她的鏡像，再加上小花的迷心天賦，她的魂力，應該做得到。

「那，好。」就，信她一次。

最慘，也就是死。

但他，不會輕易放棄生命，只要不死，一定報仇。

「我會打一道魂力在你身上，你不要抵抗就可以；不過，可能會有一點痛。」說完，端木玖將寶寶放在膝上，雙手指勢劃開，以魂力凝出一道圖紋，沒入他的身體內。

「唔！」他腦袋痛了一下。

一道黑色的枷鎖，瞬間從他的意識裡浮現、放大，飄浮在他身體周圍。

枷鎖一出現，端木玖就感受到一股強大的壓迫感。

像是，遇到很厲害的人那種壓迫感。

她直覺就知道，下這個咒術的人修為比她高出許多，不是現在的她可以抗衡的。

端木玖迅速記住那些圖紋的模樣。

一息過後，黑色的枷鎖再度縮小，回到他的意識裡。

「啊。」他急喘幾下。

雖然痛了一下，但好像，沒什麼大礙。

再抬眼，就看見端木玖一臉深思。

「妳，有看出什麼嗎？」

「嗯。」看出來了。

「那……」白虎不知道該怎麼問。

「這個咒，可能叫做『替魂咒』。主要有三個作用：一是轉移傷勢，二是轉移魂力，三是——讓你不能傷害咒術的另一方，不能違抗他的話。」

所以他才遠離人族與魔獸。

唯有盡量遠離，不見到那個人，至少，這樣他便不用聽那個人的話。

不過，有一點端木玖沒想明白。

「為什麼，那個人會對你下這樣的咒？」

按照正常想法，白虎是頂級神獸血脈之一，遇到這樣的魔獸，直接把他契約了，應該才算共贏啊。

咒術，只是一味索取，容易引起魔獸的逆反心理，那個人不怕被反噬嗎？

「因為，我太弱小。」白虎冷笑一聲。

「呃?!」

這、這真的是原因?!

白虎還弱小?那到底什麼魔獸，才算強大?

被一人一花用震驚的眼神看著，白虎難得沒有一絲不快，只覺得……有種想笑的感覺。

「那時候，我長得像一隻雜毛貓，隨便一隻魔獸都能打倒我，受傷再重，我都還留著一口氣。那個人認為我沒有用，但可以廢物利用，用我來擋災，也算不浪費，沒有讓他白白花時間抓我。」

其實，白虎自己也不知道為什麼他自出生後，一直都很弱，看起來就像隻低等的魔獸。

是在後來一次重傷中，他突然突破桎梏，蛻變成了白虎，他的傳承記憶才甦醒，也才知道自己到底是什麼。

那個時候，他只有滿心的怨憤。

魔獸尊嚴，不容輕褻。

他不能接受自己被下那樣的咒，要為一個卑賤的人類擋災。

唯一可堪安慰的，竟只是，幸而當時他還不是白虎，才避免了被人契約成僕的命運。

但是後來數十年的重傷、魂力被取、修為倒退，最後淪落得任何魔獸都敢妄想欺他、差點沒命。

他都不知道，到底是哪種命運更慘。

唯一讓他最不肯服輸、無論如何都要求生的信念，就是要在有朝一日，報仇。

他流過多少血，那個人，就得流多少血。

他受過多少次傷，那個人，就要受多少次！

一想起這些，白虎滿心怨憤，整個人暴戾氣息外溢。

「主人。」小花立刻感應到。

端木玖拿出一塊寒玉，碎開後寒玉的靈力沒向白虎。

白虎頓時一凜，只覺一股冰涼的氣息從頭淋到腳，瞬間清醒。

小花有點兒飄的語氣：

「寒玉，是這樣……用的嗎？」

「可能還有別的用法，以後可以慢慢研究。」

「妳的魂力……」白虎好像感應到一些奇怪的東西。

「喔，練得不是很好，你不用太在意。」

白虎：「……」不，他不是要說這個，而是她的魂力……「妳也會用咒?!」他終於反應過來了。

「嗯，正在學習中。」

她講得好像在學習什麼東西一樣稀鬆平常，白虎差點被拐偏了重點。

「所以，妳真的會！」重點不是學習，是她會；而且，她從哪裡學來的？

關於「咒」，他的傳承記憶也十分模糊，因為這不是魔獸會的事，而是人族搞出來的東西。

可就算是這樣，魔獸們也知道，這東西不是人族個個都會，也不是人人都知道，而是極少人才知曉，甚至是秘不外傳的東西。

「嗯，我會。」端木玖點頭。

「那妳——能解嗎？」白虎不想向人求助，可若是、她能解……

端木玖看著他，想了一想。

「你能先告訴我，是誰對你下咒嗎？」

「是一個女人，但是，也不是她下的，她是拿了一個黑色的東西，然後把我的血滴在上面，那個東西就自動進入我的身體裡，變成那個黑色的枷鎖。」他一直記著那個時候發生的事。

「你雖然弱小，但生命力似乎很強，契約你、浪費掉契約魔獸的名額，有點不划算，不過，你倒是可以做我女兒的替身，替我女兒承受傷害，這是你的榮幸。」

「當時，不只有我被下咒，還有另外兩隻魔獸。」

原本牠們三隻魔獸一直被關著，牠們不甘心，一次次逃走，又一次次被抓回來。不是因為牠們實力不夠，而是只要一見到那個人，牠們完全無法反抗那個人；面對替魂咒的主方，牠們若是傷害了對方，反噬在自己身上的傷，就會更重。

一直到後來，趁著一次那人不在，牠們才逃了出來。

即使成功逃出，牠們也各自受了很重的傷，分別逃向不同的方向。

「我不知道另外兩隻魔獸現在在哪裡，但是同一個主方、同一個咒術，我們三個之間似乎有點兒感應，那種感覺很模糊，但確實有。前一陣子，我感覺到，另外兩隻魔獸，似乎死了……」

他原本不信，可是那之後，他受傷次數變多了，魂力被汲取的速度變快了，這讓他不得不猜想，是不是原本三隻獸分擔的傷害，現在就集中在他身上。

所以，牠們兩個，應該是真的死了。

「這樣聽起來，似乎是有人將咒術封印在一個東西上面，然後讓人可以在需要時使用。」

在北叔叔給她的空間戒裡，那些由她父母傳給她的東西中，她有看過這方面的記載。

不過，要將咒術做這樣的封印，她現在的修為還不夠。

而且要使用這種咒術，對使用者的身分，也有限制，必須是血親才行。

「也許，我也撐不了多久了。」白虎看著自己變成人的手掌。

原本，他變成人形應該是人族少年的模樣，現在，只是個孩童；他的修為，一直在退化。

等到修為退到承受不住傷害時，可能他就要死了。

「這個咒術，我知道怎麼解。」

白虎倏地抬頭。

「但是現在我做不到，因為製出這個咒術的人，修為比我高很多，現在的我打不破這個咒術。」

「是嗎……」白虎的眼神，瞬間黯淡。

「雖然解不開這個咒，不過我可以想辦法降低，或者隔絕這個咒術對你的作用，讓你暫時不再受傷、也可以修練，修為不會被奪走。」

白虎立刻又望向她。

端木玖也看著他。

「不過，這個辦法我第一次用，而且是有時間限制的。以我現在的修為，大概可以困住這個黑色的枷鎖一年，後續的話，我再教你怎麼延長困住枷鎖的辦法。你肯相信我，試一試嗎？」

白虎一愣。

他不信人、不信獸，被傷害太多次、一直被追殺、被暗算，他只信自己。

可是剛才，他竟然讓她查看，還把事情都告訴她了。

她……是對他下了什麼迷心的咒嗎？

不對，那朵花就很會迷惑別人，那他是，被迷惑了嗎？

可是，他覺得自己很清醒，知道自己在做什麼。

那為什麼，他竟然會對她，放下戒心？

白虎又看她，然後視線移到躺在她腿上，四腳朝天、露出肚皮、呼呼大睡、一點兒也不對人設防的笨小獸。

——他絕對不是被笨小獸影響也跟著變笨了。

但是，「我，信妳。」

理智上說，不能信；但是獸的直覺反應，他，想信。

他不要一輩子都被控制，不要一直這麼憋屈地活著。

就，賭一次。

「我要試！」堅定。

「好。這是我現在就能做的，第一個方法。」端木玖繼續道：「一般來說，要解咒通常有兩個方法，一個就是解咒，另一個，就是殺了下咒的人。

「現在不能解咒，就用封住魂咒的方法。

「至於第二個，殺了下咒的人；依你所說的情況來說，目前做不到，因為你不知道下咒的人是誰。」

不是那個將咒語打進他的身體裡的，而是，製作這個咒的人。

想要調查，目前毫無頭緒，也不是短時間內就能查到。

「依你所中的，替魂咒的作用，還有一個變通的辦法，就是——殺了替魂咒受益的那一個人。」

受益的那個人不在了，他自然也就不會再替人受傷、被汲取修為。

「不過即使那個人死了，在你身上的咒術卻不會消失，日後一定要想辦法徹底解咒，才算安全。」

「魂咒要解，但是那個人，也可以先殺。」本來他想好好報復那個人的，但是現在聽來，好像直接殺了比較好。

比起想折磨得她死去活來、受盡他所受的痛苦再死去，他更想擺脫這種不由自主的控制。

白虎很快就決定。

讓她死透透，也是報仇。

「你知道是誰？」

「東、明、玉、凌。」他就是死了，也不會忘記這個名字。

不會忘記，她高高在上、用看螻蟻的眼神看牠；不會忘記，她惡劣地在牠們面前割傷自己，然後看著牠們三獸身上出現傷口，而她的傷口，迅速癒合復原；不會忘記，她心情不好時，就跑到關牠們的地方，罵牠們、打牠們，看著牠們鮮血淋漓，她心情就變好，笑得恣意開心……

「冷靜些。」端木玖伸出手，一下一下地摸著他的頭，帶著某種安撫，「不要讓恨意占據你全部的心思，你還在、沒有倒下，一定有機會為自己報仇，在那之前，你要活得好。」

不到絕地，不要讓自己就瘋狂了呀。

她或許不能對白虎所受的苦，感同身受。

可是她明白，想復仇的感覺。

她把孤注一擲，留在最後，雖然成功復仇，卻也捨了生命，來到這裡。

目的達成，她不後悔。

那個世界，已經沒有了讓她強烈想守護的理由。

而這裡，或許，已經有了。

端木玖突然開始明白，爸爸最後對她說的那番話……

「我不會的，我沒事。」白虎漸漸平靜下來。

一個區區東明玉凌，不夠資格讓他捨棄什麼。

在沒有遇到她、沒有解咒的可能之前，他不介意同歸於盡。

可是他遇到她了，還有了解咒的希望，幹嘛還要和人同歸於盡。

她不配！

「那妳什麼時候才有能力解咒？」白虎問。

「具體要什麼修為，我現在還不清楚，不過，在天魂大陸，我是做不到的。」

自從秘境出來之後，她對這片大陸、對位面、對時間與空間、修階的限制，好像就有一點模糊的感應。

天魂大陸以外的地方，應該還有更進一步的修練體系，她對那部分的事還不了解，所以沒有辦法回答，要到哪個階段，她才有能力解咒。

「那等妳有能力的時候，幫我解咒。」他很順地說。

「……我？」端木玖有點驚訝。

「對。」非常肯定的語氣。

是不是變得有點兒太快了？

他幾分鐘之前明明還很警戒她的，現在就完全變了樣？

「不行嗎？」白虎看著她，琥珀色的眼瞳裡，沒有一點求人的低姿態，有的，只是無聲的質問。

好像她拒絕了，就是做了十惡不赦的事，罪大惡極。

「呃……也不是不行。」如果他願意，她本來也是想這麼做的。

一件事，要嘛不做，要嘛，就做完；半途而廢，不是她行事的原則。

「不過有一點，到時候我們不一定會碰在一起，所以，得等我們將來遇到的時候……」

「這個簡單。」小問題，他早就想好了。「從現在，我跟著妳，這樣就不怕到時候找不到人了。」

端木玖震了一下。

「……跟著我？」

「對。」

「……這樣好嗎？你不怕我傷害你了？」好像有哪裡怪怪的。

「當然好，不怕，妳不會。」白虎，童稚漂亮的臉上，彎出一抹笑容。

不知道是不是因為很少笑，所以他的笑容看起來很生澀；因為生澀，更顯珍貴。

端木玖硬是沒被顏值迷花眼，反而有種無語凝噎的感覺。

等等，她這不會是——被賴上了吧！

◇

大事兒有點不妙！

之前接受秘境傳承的時候，她一直以為，是時間到了、秘境順勢關閉、她被丟出來，落到山上。

那修練一下，再休整一下，順便——拯救小白虎一下，也不過花了三天時間，沒多長。

然後再趕去東明城，參加煉器大賽，妥妥沒問題。

誰知道，當她幫白虎隔離了魂咒，再教會他怎麼幫她設的禁制補充魂力，以保持隔離效果之後，才知道——

距離寒玉秘境消失，已經過去半個多月啦！

而他們所在的位置，在東雪城以西的山脈裡，跟東明城距離——何止十萬八千里！

重點是，這片山脈，一片荒無人煙，地形峭縱，幾乎無人聚居。
所以是魔獸活躍的天堂。
他們想趕去東明城，首先得走出這片山脈。
怎麼走出去，只能靠自己。
本來單靠雙腿、單靠飛行，要走出這一大片山脈，就已經很費時了，偏偏還有魔獸搗亂。
「哼！」
「吼！」轟！
一把飛劍掠過、一聲怒吼配上一聲轟炸。
五、六隻魔獸躺在地上，死透透。
白虎看著自己的拳頭。
充滿力量的感覺，真的很好。
這幾天，他都沒有再莫名其妙受傷，因為修練而增加的魂力，也沒有再消失，都反饋在他的實力上。
這讓白虎的心情很好。
端木玖肩上坐著寶寶，她懷疑地看著他。
「你的威壓氣息，好像沒什麼用啊！」
說好的低階魔獸會畏懼高階魔獸的氣息，感應到就會立刻跑開，不敢向前呢？
這前仆後繼的，是怎麼回事？
「如果沒有我的氣息，攔路的會更多。」雖然感覺自己的力量恢復又增強，很好；但是一直被找麻煩，也很煩。

這片山脈裡的魔獸數量，簡直要和這片山脈裡的樹一樣多，要不是有他在，來的就不只是這些高階魔獸，而是連低階的大大小小魔獸，都來了。

端木玖想了想自己感覺到的那些偷窺他們的魔獸數量，不得不承認，白虎說的有道理。

「但是這樣，很花時間呀。」

這兩天，他們遇獸、殺獸、處理獸，雖然之後能換得酬勞，但是現在她最缺的，就是時間呀。

「唉，沒辦法了。」

「什麼沒辦法？」處理好魔獸，白虎抬手想抱寶寶。

寶寶表示拒絕，牠想坐在媽媽肩上。

「只能這樣了。」她抬手，一揮，像是放開什麼限制。

一股強大的威壓，宛如一股氣流，瞬間從她身上，輻射向四周而去。

「哇啊……呦唔……」

「咚……碰碰碰碰……」

「西西疏疏疏……」

一時間，奔跑跌倒碰撞哀叫求饒的魔獸叫聲，此起彼落。

就連白虎都一時不防，差點趴倒在地，幸好及時撐住沒趴倒，不然真真是太丟臉，隨之，他臉色一變！

「妳、妳……」

他竟然到現在才發現，她頭上綁著的紅色髮飾。

那形狀，分明是——

「妳怎麼會有這個?!」白虎都破聲了。

難道其實她本體是魔獸?!他看錯了?!

「噢，我家的小狐狸送的。」一擊得手，端木玖再次將髮飾的氣息封住。

她家的、小狐狸？

白虎重新站好，以很奇怪的眼神看著她。

「怎麼了？」為什麼這種眼神？

「他、他在哪裡？」白虎很努力忍住，才沒用尊稱。

「不知道。」端木玖老實說。

「不知道?!」

「他不在這裡。你應該猜得到，他不可能留在這裡的。」她輕聲道。

白虎當然知道。

所以他才疑惑，這兩個，是怎麼遇到一起的？

「走吧，我們得加快速度。」端木玖率先奔了出去。

白虎只得跟上。

小狐狸的氣息一放出來，這片山林裡所有的魔獸，奔的奔、跑的跑、暈的暈，他們一路又跑又飛，花了四天，終於來到最近的城鎮。

端木玖重新穿上傭兵的服飾，戴上兜帽，白虎也是同樣的裝扮，走進一家酒館裡。

找了靠牆的位置坐下，端木玖就點了飯菜，讓酒館送菜的小廝快些上菜。

白虎有些不習慣。

「我們，一定要在這裡嗎？」

這裡人太多了，而且很吵。這讓一貫避著人族、連魔獸都避的白虎，相當不習慣，內心很掙扎。

他是要立刻起身離開這個地方，還是出手把這些人全部趕走？

「我們就在這裡吃飯，順便聽聽別人說什麼。」

「別人說什麼，跟我們有什麼關係？」

「我們在山脈裡好幾天，在這個地方，可以聽到一些消息，知道現在最新發生的事。」雖然可能不夠仔細，不過先知道大概，如果需要知道更詳細的消息，再去別的地方打探。

端木玖知道他幾乎沒有在人族地界活動，所以解釋得詳細一些，也算教他在人群裡生存的基本常識。

白虎大概也知道自己不懂這個，所以聽得仔細，也記得仔細。

等飯菜來了，他們開始吃，但是並沒有摘下頭上的兜帽。

酒館裡，和他們一樣裝束、同樣造型吃飯喝酒的人並不少，所以他們這種遮臉的動作也不算突兀，不會引人注目。

白虎很仔細觀察，把這點記下後，就聽見有人在談話。

「欸，你們知道嗎？東明城出大事了。」

「東明城正在舉行煉器大賽，每回煉器大賽都要出事，有什麼好大驚小怪的？」旁聽的傭兵不以為意。

雖然東明城是個好地方，只要口袋夠深，想要什麼樣的魂器都有、想要什麼樣的享受都有；但東明城，實在不算是個好地方。

這最大的原因，就是東明城裡，「特權分子」太多了。

首先不能惹的，就是城主一家人。

再其次，就是東明家族的人；然後，是東明城長老和各種護衛階級，以及他們的家人，然後還有煉器師們，以及各個公會……

簡單來說，從下到上，東明城裡的人，可以用一句話概括：沒有最特權，只有更特權。

他們這些普通傭兵，去了東明城，可以說根本沒人權，惹到什麼不該惹的人，死了也沒人敢喊冤。

當然，反抗可以有。

只要，你夠實力，只要，你扛得住東明城裡權權相護的一堆人。

「這次不一樣。」酒館裡負責送酒的小廝正好來送酒，聽到他們的話，笑著就接上一句。

「喔，什麼事？」

酒館，是傭兵們常來常往的地方，提供飯菜是基本；若是傭兵不想將獵得的戰利品交給公會，也可以賣給酒館。

另外，酒館遍布各地，各種消息也最多，雖然真假不一定，但若是大消息，就算是開在最偏僻的酒館，也一定聽得見。

「這一屆的煉器大賽，可能要取消了。」

第三十三章　踢館也是門技術活（一）

「欸！為什麼？」

小廝話一出，酒館裡的人全都驚了。

就算是對什麼消息都不感興趣的人，此刻也豎起了耳朵。

「不只可能取消，現在，東明城也封城了。」

「欸?!」

全酒館二度震驚。

「詳細說說。」有大方的傭兵，直接打賞了小廝一個銀幣。

「好咧！謝謝大爺！」小廝開心地收起銀幣立刻就說道：「據說，東明城的大小姐受了重傷，東明城主大怒，當下扣留了跟大小姐受傷有關的所有人，並且想當場殺了那個傷了大小姐的人，不過當時中州煉器師公會的人在場，阻止了東明城主當場殺人，雙方僵持不下。

「東明城主一時之間殺不了傷了大小姐的人，怒而扣留所有在的煉器師，並且封了城，非得他手令不得進出。所以現在的東明城，不能進也不能出，在城裡的被困在城裡，在城外的，不是離開，就是在觀望事情的發展。」

小廝簡單扼要地說完消息，酒館裡一時寂靜。

接著，就爆出一陣驚呼和猜測聲。

而正在忽略周遭的人族，努力學習在人群中生活的白虎聽到「東明城的大小姐」七個字時，握著湯匙的手一頓。

坐在他對面的端木玖拍拍他，讓他冷靜，別驚動其他人。

「她也有今天。」重傷好啊。

可惜不是他自己動手。

「我們會去東明城，現在先聽她倒楣。」他們還得繼續聽聽後續。

而且，端木玖想的更深一點。

她封了替魂咒不久，東明玉凌就重傷。

很難讓她不聯想，是因為沒獸替她受傷擋災，偏偏她繼續囂張沒顧忌，終於踢到鐵板，報應在自己身上了。

「東明城主這麼做，不會惹怒其他四城的人嗎？」有傭兵疑惑地問道。

歷來煉器師比賽，都會聚集東州五大城的人，以及許許多多的傭兵、其他人士，包括從中州來的人。

如果東明城封了，那被困在城裡的，一定也包括其他城的人。

其他城的不會有意見嗎？

「唉，這又是另一件大事了。」小廝一嘆。

「什麼事？」又有人打賞了一枚銀幣。

「謝謝大爺！」

小廝俐落地接住賞錢，完全不賣關子，繼續往下說：

「東海城的獸潮提早爆發，而且這次的攻勢特別兇猛，在東雪秘境關閉之後，除了要參加煉器師大賽的人，其他人幾乎都趕往東海城支援，據說東岩城、東林城二位城主也趕去了，只有東雪城特別派人前往東明城。

「東海城的戰況，似乎不太好，現在也有許多知道消息的人，陸陸續續趕往東海城。」

說到最後一句，小廝的語氣也不免有些擔心。

自古以來，東州最大的敵人，就是海外的獸潮。

而自古以來，東海城的存在，就彷彿一道屏障，抵禦來自海上的攻擊，保整個東州的安寧。

所以每次有獸潮發生時，東州各城的人，不分你我，都會支援東海城。

在東州的人都知道，一旦獸潮攻破了東海城，遭殃的不只是東海城，而是整個東州。

一旦海獸大舉入侵，再加上東州原本陸居的魔獸，到時，無論魔獸們是合作還是對立，對東州大地都會形成破壞。

他們並不想被魔獸統治，也不想以後沒地方住，所以，東海城不能丟。

相形之下，東明城這邊的事，雖然聽起來也很嚴重，但相較於東海城的安危，就顯得沒那麼重要。

難怪其他城主都趕往東海城，沒到東明城「主持公道」。

「聽起來，不太妙呀。」

「哪裡不妙？」

「兩邊都不妙。」

「兩邊？」

東明城……算不妙嗎？

只要東明城主搞定自己的仇人，或是認栽，不就沒事了嗎？

「你只知其一，不知其二。」正巧有認識東海城護衛的傭兵，壓低了聲音說：「我聽說，東海城向東明城訂製了一批魂器，但是東明城，還沒有交。」

聽到的傭兵們瞪大眼，他們很快想通裡面的重點。

東明城主心情不好，魂器不知道什麼時候才願意交付；而魂器，關係東海城的安危——

東明城主，是個很自我的人，身為煉器師，也讓他不怕得罪任何人，女兒重傷沒心情煉器，大家難道能打上東明城？

果然是兩邊都不太妙啊。

有人又賞了小廝一枚銀幣。

「你可知道東明城詳細的情況？」

「謝謝大爺。」小廝接了賞錢，但不好意思地搖搖頭，「封城之後，東明城裡都沒再傳出什麼消息，不過有聽說，東雪城少城主已經出發前往東明城。」

至於雪少主想做什麼、能不能達到目的，還得再等後續發展。

這時，端木玖也丟出一枚銀幣，壓低聲音問道：

「可知道，傷了東明城大小姐的人是誰？」

「謝謝大爺。」接住銀幣的小廝，照例一聲謝：「聽說，那個人姓『端木』，有人說，那是中州端木家族的人。」

這裡離東明城、東海城都很遠，消息傳來的比較慢一點，目前，也就知道這麼多了。

「端木?!」

「中州?!」

酒館裡再度爆出一陣熱烈討論。

中州，天魂大陸中最富庶，魂師家族最龐大、修為最盛的地方。

對東州人來說，那也是修練的天堂，資源可多了！

「很有可能哪！不然只是殺個人，東明城主哪裡需要封城？」鐵定有別人也捲進來了。

「那我們……」

一邊是罕見的封城，一邊是獸潮，兩邊都是熱鬧大事，他們要去哪邊？

「去東海城！」

「嗯，去東海城。」很多人附和。

東州的安危，比看熱鬧重要多了呀！

就在傭兵們討論要不要搭伴一起前往東海城時，端木玖和白虎已經吃完晚餐，又外帶了一堆飯菜後，悄悄到了酒館外面。

「你知道，怎麼走能在最短的時間內到達東明城嗎？」

「知道。」

這些年他在山脈中行走，對山脈地形很熟；即使從不在人族的城鎮多停留，但

是哪裡是哪裡，他卻是很知道的。

「那接下來，我們得全力趕路了。」

「嗯！」白虎用力點頭。

她沒有像那些愚蠢的人一樣決定去東海城，太好了！

◈

五天後，一人一獸趕到東明城外十里處，才發現東明城的狀況，比起在酒館聽的，要嚴重多了。

東海城危急，可能有很多人都前往東海城；但是趕到東明城的人，也不少啊。

就城外這一片，一眼望去全是帳篷、目光所及全是人的盛況，城門在很遠很遠很遠的地方……

要不是城門牆夠高，以他們所在的位置，根本看不到城門口。

東明城的狀況，真的比較不危急嗎？

「怎麼那麼多人？」白虎不太高興。

她也覺得有點多，莫非還有什麼其他的事嗎？

正懷疑，就聽見「轟隆、轟隆」的聲音。

伴隨著的，是城門牆上發出劇烈的白光、虹光。

「東明城威儀，不容冒犯！」

站在城門牆上的人喊出這一句，就從城門上，反擊出好幾道攻擊。

「砰——轟——塌——」

原本在城門外攻擊的人，分別遭到同等程度的反擊，剛才攻擊有幾道，現在反擊就有幾道。

不多不少。

這下馬威……

城門處有瞬間的安靜。

「為什麼不打了？」白虎問。

「打不了。」

白虎疑惑。

對魔獸來說，打就是，打到贏或者打到輸為止，中途停下來，難道還想吃個點心嗎？

「城門牆似乎有什麼保護，城外的人攻擊無效，城裡的人卻可以攻擊到外面，你說，還打嗎？」更何況，攻城應該不是外面這些人的主要目的。

「嗯……」白虎一臉思考。

「在想什麼？」

「如果我去打，能打破那個殼嗎？」

……殼？

端木玖默了下。

「別作夢啦。」小花先答了。

「你說什麼？」

雖然一直在趕路，但是白虎和寶寶、小花也算是相處了好幾天，不互相打架後，就是互相懟。

讓一花一獸的表達能力，直線上升！

只有寶寶，繼續啃牠的寒玉，偶爾才會出聲。

「等你變大，才有可能打得破這個殼。」小花才不是故意損他，這是它很認真辨別出來的結果。

對小花來說，修練等級是不存在的，它評斷實力的標準，就是——感覺。

它可以感覺事物的強弱，但不會分等級。

目前為止，它感覺最強的人，就是不知道跑到哪裡去的大魔王——偶爾被玩的黑歷史，小花並不想回憶。

最弱的，就是在酒館裡那些傭兵們，還有這裡大部分的人。

寶寶也很弱，但是寶寶是它罩的，不算。

白虎憋悶，又把東明家的人罵了一遍。

端木玖看著城門那邊，城外的人又攻擊了幾次，一次比一次強，甚至其中還出現了一只有點眼熟的箭矢。

但是都沒有任何作用，而是被城內那些護衛的攻擊打得不得不散開，然後無奈撤退。

「我們先不過去，找個地方待下來休整一下。」端木玖說道。

「好！」白虎立刻回道。

不去擠人，最好了。

端木玖接著道：

「然後晚一點，我們再去找個人，了解一下現在的狀況。」

又一輪進攻失敗。

安排好受傷的人去療傷後，眾人再度聚集在議事帳裡。

雪長歌在一旁聽著其他城的長老、各傭兵團代表們討論來討論去，完全沒有作出結論。

東明城不愧是以煉器揚名的煉器之城，就連護城的魂器，其強悍程度都超過了在場所有人的想像。

神級啊。

就算是集合眾人的實力，量也無法超越質；神階與天階的差別，宛如一道天塹，幾乎是不可打敗的。

已經卡在這裡近十天的所有人，都覺得很無奈。

終於，有人看向他。

「雪少城主，你有什麼看法？」東海城派來的長老問道。

「我才剛到不久，自然尊重各位的決定。」雪長歌有禮地回道。

「如果雪少城主出面，東明城主應該會給面子吧？」傭兵團代表說道。

東明城主也許不會給雪少城主面子，但是卻不能忽略他所代表的東雪城，以及他背後的，東雪城主。

「你太高看我了。」雪長歌淡淡回道。

「城主既然讓少城主前來，想必應該有所交代吧。不知道雪城主是否有什麼指示，或者想法？」東林城長老問道，態度非常客氣。

雪長歌看著在場十幾個——長輩。

「家父並沒有交代什麼，只是吩咐我來留意這裡的情況，必要時，協助各位。」所以，他不是主角啊。

而且他覺得這些人，應該不會想知道父親交代的重點。

父親要他來，是碰運氣，看他能不能「遇到某人」，不是來當和事佬、打東明城，或者對付東明城主的呀。

「這樣啊……」不只東海城，大家聽了都有點兒失望。

他們還指望東雪城派人來，能多一點助力，現在聽起來，東雪城主好像並沒有打算幫忙。

東明城主擺明不給任何人面子。

他們在這裡跟東明城交涉了好幾天，東明城主始終沒有露面，只交代人傳給他們一句話——

「只要傷害我的女兒的人得到報應，本城主自會開城。」

這能行嗎？

就算他們同意，中州那些人也不會同意的啊！

封城，是把包括與在場有關係的人，都困在城內。

東明城的作風大家都知道，這樣被困住，就算事情與他們無關，他們也不能真的放心。

誰知道東明緇瀾那傢伙，會不會突然失去理智來個連坐，把人給全殺了？不要覺得這種猜測離譜。

放在東明緇瀾身上，正常人不會做的事，他都有可能去做。

像這次這種幾乎把全東州有名的勢力全得罪的事，放在任何一個有腦子，或者掌權的人手上，都不會做。

但是他做了。

還把中州的人牽扯進來，彷彿不嫌事大。

煉器師就這麼了不起、這麼跩？

啊，放在東明緇瀾身上，是的。

誰教他是全東州，甚至是全天魂大陸上，數一數二的魂器煉器師。

出了這種事為什麼很多人都沒出現？

東海城戰況的原因是其一，其二就是，大部分的人過去，或者未來，還想找東明緇瀾煉器。

有求於人。

他們就不會跟東明緇瀾對著幹。

只是，東明緇瀾雖然囂張，但也不至於沒事就一次得罪那麼多人，他究竟想幹什麼？

「無論如何，得讓東明城開城，見到東明緇瀾。」以立場來說，東海城見到東明緇瀾的需求，更重一些。

其他人對視一眼，一致點頭。

「贊成。」

無論他們各自的目的是什麼，東明城不開城，說什麼都沒用。

「那現在怎麼辦？」問題又回到原點。

怎麼讓東明縉瀾露面？

一個明顯的事實是，東明縉瀾最疼愛的，就是他的女兒。

光看東明玉凌出行那豪華的隊伍、聖級護衛隨侍的排場，就知道她有多受寵了。

「你們有誰知道，東明玉凌受了多重的傷？」

如果治好東明玉凌，或者替她療傷，東明縉瀾就會開城了吧！

「只說受了重傷……」

「詳細情況不明。」

說到這裡，眾人瞬間安靜。

到底是寶貝女兒重傷讓愛如命的父親大怒失控，還是東明縉瀾另有目的？

雪長歌像是感覺到什麼，面上不動聲色。

「既然現在沒有什麼好辦法，不如大家先各自休息，之後再看看有沒有別的辦法？」

只能這樣了。

白天攻城、再一番討論，等雪長歌出了議事廳，天色已經暗了。

月光盈盈。

他緩緩走回自己休息的營帳，並且示意暗中跟隨他的護衛退下。

等他在桌椅旁落坐，營帳一側，一高一矮兩道身影，以輕微的聲響顯現出來。

「抱歉，打擾了。」故意發出聲響，是主動表示，他們不是來偷襲的。

「小玖?!」看見她，雪長歌臉上綻開一抹微笑。「妳平安無事，太好了。」眼神掃過她肩上那隻眼熟的小獸，不過，牠頭上還有朵花？

疑問了一秒後，他再看向被斗篷遮住的小個子，「這位是？」

白虎拉了拉她的手。

端木玖意會。

「呃，路上撿到的，一個小孩；有點怕生，你不用在意。」白虎不想認識別人，她能說什麼呢？

人群厭惡症，不是那麼容易改變的。

雪長歌點點頭，做了請坐的動作。

坐到桌邊後，端木玖連忙問道：

「我離開秘境後，迷路了，後來又聽說東明城出了事，就連忙趕來。少城主，你知道我哥哥，和星流的下落嗎？」

「出秘境時，他們都沒事。」雪長歌也不賣關子，倒了茶遞到兩人面前後，直接回道：「這次秘境關閉後，情況有點混亂，待到平息後，聽說東海城戰況不太好，許多人都決定前往支援。四少和六少、星流因為沒有找到妳，很擔心，又因為不知道妳的下落，所以分成兩路。四少和夏侯他們，一起去了東海城；六少和星流，則來到東明城。」

端木玖一愣，指了指東明城的方向。

「所以，我六哥和星流，現在就在城裡？」
「是的。」
「那，傷了東明玉淩的人……」
「聽說，是六少。」
端木玖：「……」酒館裡傳遞的消息可靠度，還是很高的。
「那，你知道六哥和星流現在的狀況嗎？」
雪長歌搖搖頭。
「封城之後，任何消息幾乎都傳不出來。」所以現在城內的狀況，誰都不知道。「不過，在封城之前，煉器大賽正在舉行，中州的各公會、各家族都有派代表前來，他們應該不會眼睜睜看東明城主傷害令兄。」
怎麼說，端木風也是端木家族這一代天賦最高、實力最強的嫡系子弟，端木家族的人一定不會坐視不理。
另外，聽說煉器師公會的某位長老也護著六少，東明縉瀾本身並不足以壓制這些實力，所以雪長歌推測，裡面的人極有可能是被困住，暫時還沒有生命危險。
否則，東明城就不會到現在還封城，東明縉瀾之所以一直沒露面，也許，還在想辦法殺裡面的人。
「那之前，我看到很多人在攻擊城牆，城牆上那是？」
「護城的神魂器。」雪長歌回道：「據說是東明城祖上傳下來的，至今，還沒有被打破過。」
「雖然剛才攻城的聲勢很浩大，可我怎麼覺得，那好像並不是所有人的實力……」這是她的直覺。

雪長歌一笑。

「的確如此。」包括他，也沒有盡全力。「在這裡的人，雖然都想讓東明城開城，但也各有目的。真正急切的，應該還是東海城、東林城、東岩城的人。」至於各個傭兵團的打算，複雜又多有私心，他不想浪費時間深究。

「護城的神級魂器……」大概了解狀況後，端木玖的重點，放在那個護城器上。身為煉器師，這個時候如果問他要怎麼打破這個魂器，她師父肯定會把她塞回去閉關重練。

神級魂器，又有足夠的魂力支撐，沒有神級修階，不要妄想能動搖它。不到神階的攻擊，都是白費力氣。

「小玖有什麼打算嗎？」說完大概的情況，雪長歌問道。

「進城，救六哥。」她簡明乾脆地回道。

他就知道。

「那麼，那個神魂器是個麻煩……」雪長歌低頭，看著自己手掌心，隱隱泛著的一道金芒。

父親給他的護命——

「下回攻城的時候，你帶我去。」端木玖很快決定。

「帶妳去沒問題，但是結果，可能不會如妳所願。」

「沒關係，那個神魂器有多厲害，我也想見識一下。」想到外面人多口雜，她也不能跑得太遠，所以看了看帳篷，問道：「我……能不能借你的帳篷，煉製一點東西？」

「可以。」雪長歌訝異地挑了下眉，就點點頭，然後到帳門口說了幾句話，又走回來。

「我讓人守著外面，妳可以放心。」大概知道煉器是不能被打擾的，所以雪長歌不但讓人守著不准其他人來，至於帳篷，安全度本就很高，應該不用擔心會被——呃，燒壞。

端木玖也不浪費時間，找了個比較空的位置坐下，白虎抱走寶寶守在一旁，她拿出寒玉、磊的岩石，其他金絲石、水流玉等五種幫助融合的礦石，連煉器爐都沒有，就憑空開始融煉。

雪長歌在原先的桌旁訝異地看著。

心煉法。

在沒有煉器爐的情況下，憑空煉器，需要的不只是特別的煉製法，還必須要有足夠的魂力支撐。這個方法，全天魂大陸，只聽過一個人會……

誰說端木玖的魂力修階很低的？

低魂階，根本用不了這個煉器法！

還有這個火，他感覺有點熟悉，卻一時想不起來，只覺得這火一出來，他全身的魂力都有種窒礙感，有種危機感。

在雪長歌思考的當下，她已經將礦石全部融成液，開始凝型——

一刻後，石液分成五團，在火光收斂中，漸漸凝塑成型。

五顆……小圓球？

在雪長歌訝異又不解的目光中，端木玖將五顆看起來很普通的小圓球收到掌心裡，收起來。

然後，閉目調息一會兒，在天色濛亮時，才站起來。

「這樣，就可以？」雪長歌有點兒好奇。

「就，試試看啊。」端木玖一臉無辜。

行不行，試了才知道。

她那種「不試白不試，試了不花錢」的神情，讓雪長歌笑了。

「那就試試。」

這時，外面突然一陣吵雜。

雪長歌神情一肅，只聽見護衛在帳外稟告——

「少城主，出事了。」

◇

當所有人被驚動，並趕到東明城外時，只聽見城裡嘈聲不斷，各種打鬥聲越來越大。

高聳的城牆上，甚至看見從城內爆射出沖天的熾烈光芒。

而城牆上的守衛，一個個出現，數量是前所未有多。

「這是怎麼回事？」傭兵團代表震驚中，滿是不解。

「裡面打起來了。」東岩城長老覺得他問了一個廢問題。

「我是問，怎麼突然打起來了。」傭兵團的人差點翻白眼。

他會問廢問題嗎？請聽重點好嗎！

這下，三城的長老集體白了他一眼。

他們怎麼知道？

大家都一樣，一直在城外，哪裡知道裡面突發什麼變故。

「城裡的情況可能有點危急，不然東明城不會派出這麼多護衛來守城門。」雪長歌冷靜判斷。

這數量，可以集得上他們之前攻城之數所出現的人頭總和了。

「那我們現在就攻城。」東海城長老覺得不能放過這混亂的機會。

說不定這時的神級魂器護力變弱，不然東明城怎麼會派出這麼多護衛來守城，像害怕他們打進去似的。

「可是，我們的攻擊有用嗎？」傭兵團代表才遲疑地開口，一道攻擊瞬間從城牆落下。

「退開！」雪長歌一喊，與端木玖、小個子，瞬間飛退。

其他人也各自閃過，動作慢一點的，還受了一點輕傷。

東明城一擊成功，城牆上傳來聲響——

「城外的人聽著，立刻退離東明城千里，否則，殺！」

「你們——」長老們才想開口，城牆上的攻擊又到。

三城長老立刻分散，才免於受傷的命運。

這是連問都不給問了。

三城長老給氣到了。

「打！」

傭兵團的代表也打。

而城牆的守衛似乎是要貫徹剛才說的話，他們的攻擊，不只是對最靠近城牆的這些人，更擴散到其他所有在城外的人，四面八方，都沒放過！

長老們瞬間無法專心攻擊，他們更忙於救自家帶來的人。

一時間，城外混亂極了，有攻擊城牆的、有反擊的、有逃命的、有受傷的、有救人的……

但最明顯的結果是，城外聚集的人，開始外移。

雪長歌看到了這一點，一瞇眼、揚弓、一射。

一只巨大的箭矢，瞬間射向城牆，引發護城魂器光芒大熾，擋下箭矢的攻擊。

「轟……」

爆發的光芒，瞬間震懾城內外。

雪長歌後退了一步，端木玖連忙伸手扶住他。

「我沒事。」雪長歌，望向她。

白虎蠢蠢欲動。

端木玖連忙按住他，他的身分不宜暴露。

「我來試試。」

端木玖伸手一翻，正準備拿出硫金，可是更快的，她卻感應到巫界的異動。

是黑大！

她原本的動作一頓，整個人瞬間騰空。

還不等城裡城外的人發出疑問，她手一揮，東明城上方頓時氣流湧動，吹開了她覆在頭上的兜帽。

城內外天光頓時一暗。

一道巨大的黑影蔽日，瞬間籠罩住整個東明城的上空！

（待續）

特別番外

32.5名字

山林裡，白虎以原形，閉著眼，趴臥地面。

一道黑色、宛如鐵鏈般的枷鎖緩緩自牠體內升起，漸漸放大至空中。

端木玖起手、指劃，魂力在空中凝出點點金光，一點接一點，緩緩朝著黑色枷鎖飛去。

隨著躍動的黑色枷鎖，金火以點成線，螺旋般繞著枷鎖而行，直到圍環成圈，彷彿另一道鎖，困住黑色鐵鍊般的枷鎖。

金光的燦芒消弭了黑鎖旋轉的速度，緩緩再落回白虎體內。

白虎緩緩睜開眼，只覺得身體有一種說不出的輕鬆感。

牠不由得放鬆了表情，身子一縮，就變回人身。

依舊是七、八歲孩童的模樣。

「以後，在你修練的時候，只要撥一些魂力，點在金光上，這個隔絕魂咒的辦法，就能一直有效；不過你要注意，別把自己的魂力耗空了，否則黑色枷鎖會掙脫的，到時候想再壓制，就沒這麼容易了。」端木玖交代道。

「嗯，我知道了。」白虎記住了，然後表情有點不自在，別開頭僵硬地又說：

「謝謝。」

「不客氣。」端木玖不以為意。

彆扭又愛面子的小孩，她懂。

「你叫什麼名字？」

「無。」

「無？」

「絕無僅有、獨一無二的意思。」

這個字，是、是這樣解釋的嗎？

端木玖有一秒鐘懷疑自己的知識程度。

雖然也可以這麼解釋，但是單一個字，通常不會這樣解釋呀！玖玖覺得——白虎被呼嚨了。

「這是……誰告訴你的？」

「那個女人。」

那個……女人？

哦，玖玖意會。

「這意思，是她告訴你的？」

「嗯。」

「為什麼不叫『有』？」

這問題他問過。

「不夠威武霸氣。」他自己也這麼覺得。

「……」這個理由充分，沒法反駁。

玖玖默了一下。

「可是『無』，不太吉利呀。」

他偏了下頭，表情疑惑。

「你看啊，『無』，本身就是沒有的意思，無是你，最後就是——」你沒有了呀。

完全符合那個咒的基本設定。

白虎一震。

「好像……是這樣。」

「所以，你要不要改個名字？」她誠心建議。

他擰眉。

「那妳幫我想。」

「……不好吧？」她還記得，對於獸來說，取名是有大意義的。玖玖並不想因為取名，就對他產生任何影響。

「就要！」

「小白！」旁邊小花立刻道。

端木玖差點滑倒。

白虎卻很認真地問：

「為什麼叫『小白』？」

「小『花』，」指自己。「小『白』。」指白虎。

多連貫。

它是花，牠白毛。

完全符合特色。

白虎一臉思考，很有道理呀。

端木玖心一梗。

小、小白。

這名字，也不是不可以，但、但是，一點都不威武霸氣，她覺得，日後他若是真懂了意思，會嫌棄得追殺小花。

為了以後的清靜日子，玖玖決定多少搶救一下。

「這個，我覺得『小白』可以當小名，就像『寶寶』；還可以取一個正式名字。當然，小花以後如果想取一個正式名字，也是可以的喔！」最後一句趕緊補上，免得小花抗議。

果然她這麼一說，白虎覺得可以，小花滿意了。

幸好有補後面那句。

「正名，快幫我想。」白虎就看著她，沒忘記自己剛才說過的話，就盯著她取。

「……」所以，她這是又把自己繞回取名的坑裡了。

看著他一臉認真的盯視。

玖玖心塞。

「這個，我慢慢想。」拖字訣，有效嗎？

「要想多久？」他追問。

「想到了就告訴你，現在先休息，晚安。」想了想，又摸摸他的頭，「乖。」

白虎：「……」

他不是那隻笨寶寶，休想這樣就哄他！

但是，莫名的覺得想聽話，是怎麼回事？

端木玖，跟別的人族都不一樣。

作者的話

大家：好、久、不、見！

玖玖的後續，終於孵出來了。

真真是，好久啊。

久得某銀擔心的擔心的，一重接一重，怕大家忘了玖玖、忘了我呀！

雖然這一集在二〇二四年就寫好，不過因為出版的安排，直到二〇二五才和大家見面，大家，真的久等了。

於是，某銀偷偷在ＦＢ上不時放小劇情，幫大家回憶回憶、兼一起期待這一集的出現。（笑）

過去的一年結束，新的一年到來，自我問答一下：

二〇二四年有沒有看到覺得感動的小說？

有。

二〇二四年有沒有看到喜歡的電影？

沒有。（這一年，有看電影？）

二〇二四年有沒有看到喜歡的劇？

沒有。（這一年，沒有追新劇？）

二〇二四年覺得特別難忘的事？

……地震。

二〇二四年覺得特別難過的事？

好像，沒有。（這算好事吧！）

二〇二四年有完成新年時許的願望嗎？

好像……沒有。（大概，只能算完成三分之一。心虛）

二〇二四年需要特別檢討的事？

……那個……那個，咳，進度。（Orz）

二〇二五年新願望？

把二〇二四年沒完成的事，今年一併完成！（雄心壯志？）

雖然時間一直是按著它的節奏在走，但每到年底、元旦，再到春節的這段期間，就覺得時間突然走得很快，整個莫名的忙。

有時候會很疑惑，我明明是住在一個慢活的城市啊，過的是宅生活，怎麼還是會覺得匆忙呢？

嗯，大概是，每天有太多想看的小說、想看的動畫、想看的影片……（喂！）

當然，還要寫稿，所以時間一直都不夠，哈哈。

這次的番外，本來不知道要寫什麼。

不過編編說，也許，大家會想看那些在寫稿途中，寫不進去、改掉，或修掉的劇情。

所以，這次跟正文有關、但又不太有關的番外，就這麼出來了。

其實，到現在某銀都還沒想好「名字」要取什麼呢！

這一集裡，也出現了一個我自己很喜歡的角色，希望大家也會喜歡。

接下來，要努力下一集啦！

祝大家二〇二五平平安安、健健康康、心想事成。

某銀的下一集，能很快和大家見面！（抱）

二〇二五年一月

銀千羽

國家圖書館出版品預行編目資料

末等魂師第2部③：踢館也是門技術活／銀千羽 著.--初版.--臺北市：平裝本，2025.3 面；公分（平裝本叢書；第564種）（銀千羽作品10）

ISBN 978-626-98783-9-0（平裝）

863.57　　114001503

平裝本叢書第564種
銀千羽作品

末等魂師 第2部

③ 踢館也是門技術活

作　　者—銀千羽
發 行 人—平　雲
出版發行—平裝本出版有限公司
台北市敦化北路120巷50號
電話◎02-27168888
郵撥帳號◎18999606號
皇冠出版社(香港)有限公司
香港銅鑼灣道180號百樂商業中心
19字樓1903室
電話◎2529-1778　傳真◎2527-0904
總 編 輯—許婷婷
副總編輯—平　靜
責任編輯—張懿祥
美術設計—嚴昱琳
行銷企劃—謝乙甄
著作完成日期—2024年9月
初版一刷日期—2025年3月

法律顧問—王惠光律師

如有破損或裝訂錯誤，請寄回本社更換
讀者服務傳真專線◎02-27150507
電腦編號◎560010
ISBN◎978-626-98783-9-0
Printed in Taiwan
本書定價◎新台幣260元/港幣87元